Naoto & Masaki
「嵐気流」

Chara

嵐気流

二重螺旋7

吉原理恵子

キャラ文庫

この作品はフィクションです。
実在の人物・団体・事件などにはいっさい関係ありません。

目次

嵐気流……5
あとがき……246

口絵・本文イラスト／円陣闇丸

《＊＊＊　プロローグ　＊＊＊》

モデル・エージェンシー『アズラエル』本社ビル。

統括部門の筆頭マネージャーである高倉真理《たかくらまさみち》のオフィスで本革張りのソファーに長身を沈め、まるで我が部屋のごとく寛いでいる加々美蓮司《かがみれんじ》はどっぷりとため息を漏《も》らした。

「伊崎《いざき》の奴、よっぽど暇を持て余してるみたいだな」

たった今、高倉から、伊崎豪将《ごうしょう》がビジュアル系ロック・バンド『ミズガルズ』の新作ＰＶ《プロモーション・ビデオ》の監督をやることになったと聞いたところだった。

むろん。本業がネイチャー・フォトグラファーである伊崎のスケジュールがどうなっているのか……なんてことは、まったく知らなかったが。

「要するに、無理繰りでスケジュールを突っ込んでも『ＭＡＳＡＫＩ』を撮りたいってことだろ」

自分で淹《い》れたコーヒーを優雅な仕種で飲みながら、高倉が言った。

あの偏屈な伊崎が畑違いのミュージック・ビデオの監督のオファーを受ける理由なんて、それしかあり得ない。

そう断言できるのは、例の『スタンド・イン』の一件がいまだに尾を引いているからだ。その証《あかし》となるモノが高倉の机の鍵《かぎ》付き引き出しに眠っている。まさに。瓢簞《ひょうたん》から駒《こま》——的な展開である。

本音で言えば、契約違反で訴えてやりたいところである。まぁ、ファイルごと突っ返すには惜しい秘蔵写真であることに違いはないが。

カリスマ・モデル『MASAKI』のダダ漏れな笑顔なんて撮りたくても撮れない垂涎《すいぜん》の一枚である。

……いや。あれは『MASAKI』ではなく篠宮雅紀《しのみやまさき》という完全プライベートであったからこその奇跡——である。

「俺に言わせりゃ、なんとも無謀なチャレンジャーって気がする」

だから、伊崎にオファーをした『ミズガルズ』がだ。

「一応、リーダーの強い希望だったからな。駄目元でオファーして、やっぱり駄目でした——っていうのが、マネージャーである瀬名《せな》の理想的なシナリオだったんだろうが」

「まさか、本当にOKがもらえるなんて……か？」

彼らの所属事務所とレコード会社とスポンサーは異色のコラボが実現して大喜び……かもしれないが。現場スタッフは、それこそ阿鼻叫喚《あびきょうかん》だろう。加々美も高倉も、ついこの間、実体験させられたばかりである。

普段は何があっても弱音など吐いたことがない鬼マネージャーである高倉が。

――当分、伊崎の名前は聞きたくないよな。

ゲッソリと口にしたくらいであった。

「瀬名の奴、今から頭を抱えてるみたいだ」

「……だろうな」

笑えないジョークのオチとは、まさに、こういうことを言うのだろう。

「――で？　おまえとしては、そこに『タカアキ』か『ショー』を突っ込みたい腹積もりなわけ？」

単なるビジュアル・バンドとは一線を画す骨太な楽曲作りで知られる『ミズガルズ』のPV第二弾をネイチャー・フォトグラファー『GO‐SYO《ゴー・ショー》』ではなく、本名の『伊崎豪将』として撮る。それだけでも、話題性は二百パーセントにアップで間違いなしだ。

第一弾があれほどの話題を攫《さら》ったのだ。周囲はそれ以上の出来を予想――いや、伊崎が撮るのであれば第一弾を超えて当然という目で見るに違いない。その話題のPVに出演できるかどうかは、今後の知名度アップにも大きく影響が出るのは必至だ。

すでに、瀬名の元には、端役《モブ・シーン》・ノーギャラでも構わないから使ってもらえないかという問い合わせが殺到しているらしい。それだけ、業界的にも期待度が高いということなのだろう。

なにしろ。第一弾で『MASAKI』のネーム・バリューが一気に跳ね上がったのは間違いのない事実である。

加々美的には、柳の下にドジョウは二匹もいるとは思えないが。あれは『MASAKI』という素材があってこその視界のマジック——誰にも真似《まね》のできないイリュージョンであるからだ。

確かに、あれを撮った和田弘毅《わだこうき》の映像作家としての手腕は認めるが、あの悪魔の役を誰かほかの者がやっていたとしたら、あれほどの話題にはならなかった。——はずだ。

しかし。敏腕マネージャーとしての高倉には、どんなに小さなチャンスでも摑《つか》みに行くのが当然——また違った思惑があるのかもしれない。

——と。

「いや。『MASAKI』と『GO-SYO』の最凶コンビにウチの大事な新人を潰《つぶ》されたくはないからな」

高倉はいたって真面目にコメントをした。

(まぁ、あれを見ちまったらなぁ)

無茶振りの果ての単なる『スタンド・イン』のはずが、本番さながら……いや、どちらもが真剣《プライド》勝負丸出しの緊張感だった。

見ているほうがゾクゾクした。

単なるドキドキでもなければワクワクでもない、高揚感。視線が雅紀と伊崎に固定されたまま外れなくなった。まさに、瞬きをする間も惜しくなるほどのエモーショナルな光景だった。

たぶん。あの日、あの現場にいた者は皆、ある種の幻惑を共有したに違いない。

それが、決して作品として表舞台に出ることのない『スタンド・イン』だったからだ。目に、脳裏に、記憶に焼き付けておくしかない、その場限りの感動と至福の光景だったからだ。

「あくまで、主役は『ミズガルズ』だし？」

「伊崎がそう思っているとは限らないけどな」

「まぁ、そこが一番の問題かもな」

「ストレスで瀬名の胃に穴が開かなきゃいいけど」

伊崎のせいで一瞬地獄を垣間見《かいまみ》せられた、それが加々美と高倉の生々しくもリアルな本音であった。

《＊＊＊　指針　＊＊＊》

翔南《しようなん》高校、放課後。

その日。全学年クラス委員会が終わって、篠宮尚人《なおと》・桜坂一志《おうさかかずし》・中野大輝《なかのだいき》・山下広夢《やましたひろむ》の四人はのんびりとした足取りで多目的ホールを出た。

時間帯が時間帯なので校舎はひっそりと静まり返っていて、第一グラウンドで部活中の野球部の野太いかけ声と白球を叩《たた》く金属バット音がやけに響いて聞こえた。

「けっこう早く終わって、よかったよな」

開口一番、中野が言った。

「もっとモメるかと思ってたけど」

それは尚人だけではなく、誰もが思っていたことだろう。

「前年度は大モメだったらしいし？」

桜坂が駄目押しをする。

「その反省点が申し送り事項にもきっちり書いてあった」

山下がどんよりと漏らす。

「やっぱ、各学年できっちり意見を取りまとめてたからじゃねー？」

「それは、言える」

「クラスごとにやりたいことがけっこうバラけててバッティングしなかったのが、よかったのかも」

「そうだな」

今日の議題は文化祭についてであった。

体育祭が一日で完全燃焼する全校一丸型ならば、文化祭は二日間を皆で楽しむ地域密着型である。

翔南高校と言えば県下に名立たる超進学校ということもあり、普段は一般人には敷居が高い――というより、関係者以外は敷地内に足を踏み入れることもできないが。文化祭ともなればまったく別物である。校内のすべてが開放されると言っても過言ではない。

そのため、毎年、一般人解禁の日曜日には開場前から正門前は大行列になってしまうくらいに半端ない人出で賑《にぎ》わうのだ。

文化祭委員の一日はその行列整理から始まるのである。翔南高校の常識と言っていい。

さすがに、地域を含めた年に一度の恒例行事ともなってくると、参加者もそこらへんは心得ていて半端ない行列であってもトラブルなどは滅多にないが、突発的に何が起こるかわからないというのがイベントの泣き所でもある。

特に。『勝ち組の証』である翔南ブレザーを目指す者もただの憧《あこが》れの者も、受験前のオープンキャンパス枠には限りがあるので、このときとばかりに押し寄せる傾向が強い。

毎年趣向を凝らした生徒会執行部発行の文化祭用のパンフレットは無料ペーパーとは違い、お一人様一部限定五百円だが、開場してすぐに行列ができてしまうほどの人気で、あっという間に完売してしまうほどの必須アイテムでもあった。

そんな文化祭の定番といえば、出し物と模擬店だ。単純に練習時間を取られる出し物よりも、手軽な軽食と飲み物を売る喫茶系に集中してしまうのはしかたがない。なにしろ、実費を差し引いての純利益イコールクラスの打ち上げ費用になるわけで、各クラスも『コスプレ』だの『メイド』だの『執事』だのアイデア勝負になる。基本はあくまで、自分たちもいかにして楽しむか……であるが。

それでも、希望枠が複数重なってしまう場合はそれなりの調整も必要になってしまう。その最終調整が全学年クラス委員会なのだ。

尚人たち二学年は、希望が重複しないように事前に調整した。

前年度の教訓があっても毎年のように揉《も》めるのが文化祭前の傾向だが、今年は、クラスごとにやりたいことが違っていて調整する手間も省けた。

ちなみに。尚人と桜坂のクラスは和菓子喫茶で、中野のクラスはブックカバー、山下のクラスは小物雑貨である。

「出揃《でそろ》ってみると、今年はバラエティーに富んでるって感じ」

「ホント、ホント」

「やっぱり、どこのクラスにも趣味の達人がいるってことだよね」

言ってみれば、それに尽きるかもしれない。

「食い物系で言えば、意外な人脈？」

「そうだな」

「七組が和菓子喫茶ってのは、ちょっとビックリだったけど」

「津村《つむら》の実家が和菓子屋さんだからってことなんだけど」

「ついでに店の宣伝も兼ねてりゃ、一石二鳥？」

「俺たちは出来上がった物を出すだけだけど、作る方は大変なんじゃないかな」

「日曜日は特に？」

「数、読めないんじゃねー？」

――かもしれない。これればかりは、やってみないとわからない。

「中野は、どうなの？」

「ノルマは一人最低二枚」

「そうなんだ？」

「みんなでやることに意義があるんだと」

「まぁ、文化祭の基本だからな」

「協調性ゼロの桜坂が言うと、違和感バリバリ」

中野はサクッと暴言を吐く。

いいかげん悪慣れをしている桜坂は、片眉《かたまゆ》もひそめはしないが。

「山下は？」

「俺は、携帯ストラップに初挑戦」

「やっぱ、ノルマがあるわけ？」

「ノルマっつーより、その場のノリかな」

「どういうノリだよ？」

「どうせやるなら、楽しんでベストを目指す……だろ」

「はぁ、そうですかい」

「意外なセンスがあったりして」

「自分でも気が付かなかった、隠れた才能とか？」

「けど。自信満々で売れ残ったりしたら最悪だよな。ショックも倍増」

ボソリというには爆弾発言？

するとすかさず、

「桜坂ぁ、それって禁句だろ」

中野がどんよりと漏らした。

昇降口で上履きから通学靴に履き替えて、校舎の外に出ると。空はまだスッキリと青かったが、いつの間にか雲はうっすらと棚引いていた。

「そういや。なぁ、篠宮」

「なに？」

「篠宮の兄ちゃんとこは武道高で有名な男子校だったんだろ？　文化祭とか、そこらへんはどうだったん？」

なにげにいきなり問われて、尚人はうっすらと口元を綻《ほころ》ばせた。

（やっぱり、みんな、他所《よそ》の学校の文化祭とか気になるのかな）

つい、先日。尚人もその話題を雅紀に振ったばかりであった。

実のところ。雅紀が現役高校生だったときには、そういうことを聞いたことがなかった。いや……聞けなかった。

なぜなら。その頃にはもう父親の不倫が発覚して家庭環境が悪化していたので、そういうことは話題にすらならなかった。

だからこそ、逆に、雅紀がインターハイに出て華々しく活躍をしたことが強烈に印象に残っている。それ以外は、本当に自分のことで手一杯で、脇目を振っている余裕などまったくなかった。

今、自分が雅紀と同じ高校生になって。雅紀に疎まれてはいない、ちゃんと必要とされているのだと実感できて、ようやくそういうことを口にできるようになった。それが、正しい。

ちょうど翔南高校でも文化祭が間近になってきて、自分がクラス委員として関わっていることもあり、雅紀にもその話を振ってみたところだった。

聞いても答えてもらえるかどうかは、わからなかったが。思いのほか、すんなりと教えてもらえた。

むしろ、ときおり笑みを浮かべながら懐かしく語るその口調と眼差しの優しさに、雅紀にとっても高校生活は劣悪な環境の中で唯一、自分が自分でいられる拠《よ》り所《どころ》だったのかもしれない。そう思えた。

「けっこう、派手だったみたい」

尚人は一度も行ったことはないが。

「どのへんが?」

「クラスとは別口で、各クラブは舞台での演目か模擬店かに強制参加ってところが」

「げっ」

「わぉ」

中野と山下が両極端にハモり、桜坂は無言でわずかに目を眇《すが》めた。

「なに？　もしかして桜坂も経験あるの？」

「中学一年のとき部が廃部寸前だったんで、舞台で新人勧誘のデモンストレーションをやれって言われた」

「なに？　もしかして、受けを狙《ねら》って空手ダンスとか？」

中野が真顔でチャチャを入れると、桜坂の迫力満点の睨《にら》みが飛んできた。どうやら、あまり口にしたくない中学時代の文化祭の汚点——らしい。

「ンで、そのあと部はどうなったわけ？」

「廃部になった」

「そっかぁ」

「翔南だって柔道部はあっても空手部はねーもんな」

しみじみと山下が漏らす。それだって、インターハイ出場というレベルにはほど遠い。

「……で？　兄ちゃんはどっち系だったわけ？」

「一年と三年のときは舞台で、二年のときは模擬店だったみたい」

それも希望ではなく、公明正大な抽選だった……らしい。

「なんか、どっちも想像しづらいんだけど」

「俺も」

「そもそも、男子校の文化祭つー時点で思考停止」

それは、あまりに想像力が貧困すぎるのではないだろうか。それがモロに顔に出たのか。中野は。

「や……だから、文化祭ってさ、体育祭に比べたら、なんか……こう、女子系みたいな華やかさっつーか、そういうイメージがあるじゃん？」

身振り手振りで力説した。

つまり。中野的には女子のいない文化祭というのが想像できない。――らしい。

「つーか、あの超絶美形な兄ちゃんが『はい、らっしゃい、らっしゃい』なんて模擬店の呼び込みをやったら、大行列間違いなしって感じ」

実際にはテントの裏で、慣れない手つきでひたすら焼きそばに入れるキャベツを刻んでいたらしい。その姿を想像して思わずプッと噴いてしまった尚人に、雅紀は。

――それって失礼すぎだろ。

そう言わんばかりの顔つきだったが。

「舞台って、結局、何をやったわけ？」

「剣舞」

すると、今度は三人が揃って小さく唸《うな》った。

「うーん……わかる」

「やっぱ、剣道部だから？」

「まんまって気がする」

模擬店の雅紀は想像できなくても、剣舞だと一発でイメージが触発される。尚人だけではなく三人もそれを思っているのだとしたら、身贔屓《みびいき》ではなく、そこに雅紀の凄《すご》さが集約されているような気がした。

「兄ちゃんの剣舞って、スゲー舞台映えしそう」

山下が口にすると、桜坂も中野も深々と頷《うなず》いた。

「やっぱ、足捌《さば》きとか腰構えとか、そういう基本ができてないとただのチャンバラごっこになってしまうしな」

そこは、空手の『突き』『蹴《け》り』『受け』といった型とも相通ずるものがあるのか。桜坂はけっこうシビアだ。

「型がきっちり決まってないと見苦しいって?」

「へっぴり腰じゃあな」

「篠宮、見たことあンの?」

「生《ナマ》ではないけど」

残念ながら。

「え? じゃあ、もしかしてビデオとか?」

「うん」

「そういうの、撮ってあるんだ?」

「卒業記念にもらえるみたい」

尚人も知らなかったが。

するると。

「エーッ」

「ウソ」

「マジで?」

三人が同じように目を瞠《みは》った。

「瀧芙《そうぶ》高校って、そんなオマケが付いてくるわけ?」

「ただのアルバムとかじゃないんだ?」

「なんか、豪華すぎる特典だよな」

初めて見る瀧芙高校の文化祭ビデオの舞台編にはドキドキだった。そこに自分の知らなかった高校生の雅紀がいるのだと思うと、よけいに。

中でも、剣道部の剣舞は圧巻だった。そこはなんの変哲もないごく普通の講堂の舞台なのに、揃いの和装束——学年では色違いの——に真剣を模した刀を手にした雅紀たちが舞台脇から登場しただけで雰囲気が様変わりをした。

会場内のざわめきがピタリと止んだ。

そして。和太鼓をメインにした音楽に合わせて雅紀たちが舞い始める。

キビキビと。

切れ味鋭く。

スポットライトに白刃《はくじん》の閃光《せんこう》が走り。

流れるような体捌きは優雅で、力強く。

一糸の乱れもなく、舞い。

――踊る。

尚人は息を詰め、ただ食い入るように画面を凝視した。そこには、見えない静謐《せいひつ》な森があり、あるはずのない雪が舞い、清流がせせらぎ、幾千本の桜の花が散った。

――ような気がした。

そうして。最後の最後にひときわ重低音の大太鼓が『ドーンッ』と打ち鳴らされた瞬間、すべてが静止した。

直後、割れんばかりの拍手と歓声が沸き上がった。

時間にすれば、たぶん五分に満たないイリュージョンだったに違いないが、なんだか一本分の映画が圧縮されていたような気がした。

尚人も一緒になって、手が痛くなるくらいに拍手を送った。

これがただのＤＶＤだとわかっていても、込み上げる感動と興奮でそうしなければいられなかった。

すごい。

スゴイ。

凄すぎる。

熱狂して心臓がバクバクになった。

——まーちゃん、スゴイ。まーちゃん、綺麗《きれい》。まーちゃん、もぉ、カッコよすぎッ。

興奮冷めやらずに褒《ほ》めちぎる。

どれほどの賛辞を口にしてもし足りない気がして、かえって自分のボキャブラリーの貧困さを痛感した尚人であった。

そんな、いつになく感動しまくりな尚人に、雅紀は口の端でひっそりと笑った。そのときのことを思い出すだけで、また胸が熱くなった。

「羨《うらや》ましー」

「ホント」

「……だよな」

山下が。中野が。桜坂が。——本音で漏らす。

卒業記念のオマケが羨ましいのではなく、雅紀の剣舞というレアな代物が見られる逸品《いっぴん》が——という意味でだが。

「なぁ、なぁ、篠宮」

「なに？」

「そのビデオって、家にある？」

「あるけど」

「ンじゃ、見せてくんない？」

「……え？」

「メチャクチャ見たい」

中野が目をランランと輝かせて、尚人に詰め寄る。

山下も負けじと、顔を突き出す。

「俺も、俺も」

終《しま》いには、桜坂も。

「だったら、俺も」

真顔でそんなことを言い出した。

「そんなに……見たい？」

「「「見たいッ」」」

声質《トーン》違いで、三人がハモる。珍しいにもほどがある。

「え……と。じゃあ、雅紀兄さんがいいって言ったらでいい？」

「「「おうッ」」」

またもや一斉にハモるのが、おかしくて。尚人は頬《ほお》のムズムズが止まらなくなった。

§§§§　§§§§　§§§§　§§§§

その夜。

雑誌のグラビア撮りでずっと押していたスケジュールから解放されて、ようやく晩飯にありついた直後。携帯電話に尚人からのメールが着信した。

『お仕事、お疲れさま。今日はクラス委員会があって俺たちもいつもより遅めの晩飯だったけど、まーちゃんはもう終わった?』

(食った。一人で淋しくな)

一人で食べる食事は味気ない。つくづく、そう思う。仕事絡みの会食とは別の意味で。

けれども。独り飯が味気ないからといって、そのためだけにわざわざ誰かを呼び出す気もしない。加々美からの誘いがあれば別だが。

世間的なイメージはどうだか知らないが。モデルは体力勝負だから、食わないと保《も》たない。

だから、外食でもなるべくバランスのいい食事を心掛けているが、やはり、尚人の手料理には敵《かな》わない。そこには、愛情というエッセンスが加味されてあるからだ。

『それで、その帰りに桜坂たちと文化祭について話をしてたんだけど。そのとき、まーちゃんが高校生だったときのことが話題になって。その流れで、まーちゃんが剣舞をやったことを言ったら、みんながどうしても見たいって言うんだけど。こないだ見せてもらったＤＶＤ、見せてもいい？』

とたん。雅紀の相好《そうごう》が崩れた。

リビングのソファーに座って、高校時代の文化祭ビデオを尚人と一緒に鑑賞したときのことを思い出したからだ。

まさか、あんなに感動してもらえるとは思わなかった。

――というのが、率直な感想だった。

瞬きをすることも忘れて食い入るように凝視していた尚人が、剣舞が終わった瞬間、録画画像の中の観衆とシンクロしてしまったかのようにいきなり拍手をし出したときには驚いた。いや、むしろ唖然《あぜん》とした。

雅紀にとって、あれは、すでに何年も前に過ぎ去ったノスタルジーであったからだ。高校生最後の文化祭――というより、ただひたすら夢に向かって突き進んでいた青春時代の終焉《しゅうえん》だった。

嬉《うれ》しいときも、苦しいときも。楽しいことも、辛《つら》いことも。雅紀を支え、ともにあり続けた剣道への決別。

卒業して以来、雅紀は竹刀《しない》を握ったことはない。日々の生活に追われて、握る暇もなかった。それが、正しい。さすがに捨てることだけはできずに、今でも部屋のクローゼットの奥にしまわれたままだ。

未練はないか？

そう問われると。今は。

『ない』

いっそきっぱりと言い切れるが。当時は、苦渋の決断であったことは否めない。

だから。剣道に関するものは、すべて封印していた。

——というより、ノスタルジーを懐かしんで浸る余裕もなかった。前に進むことしか頭になかった。

言ってしまえば、それに尽きた。

剣舞のビデオも、尚人に『見たい』とせがまれなければ、間違いなく、いまだに引き出しの肥やしになっていただろう。

久しぶりに、本当に久しぶりにかつての自分——それも、本来の領分ではないところの自分を見るのは、なんだか不思議な気分だった。

当時はものすごく真剣にやった記憶とその達成感は覚えていても、なにやら場違い的な居心地悪さというか、妙に気恥ずかしくもあった。

だが。傍《かたわ》らの尚人が身じろぎもせず、あまりにも真剣に見入っているものだから、それにつられて雅紀も自然と見入ってしまった。

改めて、じっくり見てみると。あれからずいぶん時間も経っているので、それなりに客観視することができた。

——あっ。踏み込みが甘い。

——もうちょい、キレが欲しいよな。

——ここで溜《た》めがあったら、もっとよかった。

リアル・タイムではわからない反省点ばかりに目が行きがちな雅紀であった。

剣舞の振り付けは、部活のOBである曽田《そだ》から紹介してもらった日舞の師範に習った。当時の主将である曽田たちがやった『白虎隊《びゃっこたい》』の振り付けも、その師範に頼んだらしい。

人には意外な人脈があるものだと思い、どういう知り合いなのかと聞いてみたら、曽田の母方の祖母だった。

その師範が、けっこうな鬼……だった。

当時、雅紀たち一年生は詩吟《しぎん》担当だったので直接関わりはなかったのだが。『白虎隊』で実体験したらしい曽田は。

――まっ、頑張れ。

雅紀の肩をポンと叩いてニンマリと笑った。

そのおかげで当日は拍手喝采をもらえたわけだから、師範の厳しい指導ぶりにも感謝できた。

曽田にも背中をバシバシ叩かれて『上出来』を連発された。

それ以上に。

『綺麗』

『スゴイ』

『カッコよすぎ』

耳の先まで紅潮させて尚人が褒めまくってくれるので。

(これだけ褒めちぎられると悪い気はしないどころか、大満足?)

つい、笑みがこぼれてしまった。

そんな雅紀の剣舞を、桜坂たちが見たいという。

単なる好奇心かもしれないが。

(まぁ、他校の文化祭なんて、よっぽどの興味がなきゃ、わざわざ見に行こうなんて思わないよな)

開催日時がたいがい被《かぶ》っているのも、高校文化祭の宿命である。

――なんで、毎年被るかなぁ。

——学校行事って、そういうとこがサイアク。

誘われているのに、見に行きたくても行けない。彼女持ちのクラスメートたちの、そんな嘆き節もけっこう聞いたような気がする。

時刻は午後九時を過ぎたばかりだ。雅紀はメールを返信する代わりに電話をかけることにした。

コール音は三回で、すぐに繋《つな》がった。

『もしもし？　まーちゃん？』

耳触りのいい、まろやかな声が鼓膜を刺激する。携帯電話越しだとモロに響くせいか、いつもより声がずいぶんと甘く聞こえる。

千束《ちづか》の家を留守にするときには、一日の終わりに『おやすみコール』をして、家に何事もないことを確認して寝る。それが、雅紀の快眠パターンでもあるわけだが。禁欲生活も五日を過ぎると、携帯電話越しであってもそろそろヤバイという気がする雅紀であった。

「メール、見た」

『うん。……いい？』

「まぁ、大々的に鑑賞会をするんじゃなきゃな」

文化祭記念としてＤＶＤ化されているのに、今更——という気がしないでもないが。そこはあくまで気分の問題である。

ましてや。職業がプロのモデルとして確立してしまっている以上、高校生時代の、謂《い》わば文化祭の余興映像はあまり人目に曝《さら》したくないというのが雅紀の本音である。

『大丈夫。桜坂たちだけだから』

「……なら、いいぞ」

『ありがとう。俺だって、あんなまーちゃんは秘蔵中の秘蔵っていうか、お宝映像だから、独り占めにしときたいところだけどね』

電話越しに、尚人がクスリと笑う。

（それって、反則だから）

雅紀はどっぷりとため息をついた。

ただでさえ下半身がムズムズしてきたところにもってきて、無自覚に駄目押しをされたような気がした。

『え？　なに？　どうしたの、まーちゃん』

まるでわかっていない尚人が、こんなときだけすぐに反応する。近すぎる距離感というのも、こういう場合は問題大ありかな……という気がした。

「だーかーら、そういう可愛《かわい》らしいことを言って俺を煽《あお》るなってこと。今すぐ飛んで帰って、ナオにむしゃぶりつきたくなるだろ？」

本音がダダ漏れる。

携帯電話の向こうで、尚人がわずかに息を呑《の》む気配がした。そんな尚人のウブさに、つい、唇の端が吊《つ》り上がる。

「今、すっごくキスしたい気分」

囁《ささや》くと。

『それって、反則だってば』

尚人が掠《かす》れた声でつぶやいた。

「夢に出てくるから?」

この間、尚人が言っていた。いや……白状した。自慰をしたのではなく、電話越しに雅紀の声を聴いた夜に夢精してしまったのだと。

「また、漏らしちゃいそう?」

甘く揶揄《やゆ》ると。

『まーちゃん、意地が悪い』

いきなり、通話がプツリと切れた。

一方的に切られてムッとするより、思わず笑えてしまった。

(可愛いよなぁ、ナオ)

頬の緩みが止まらない。きっと、真っ赤な顔をして携帯電話を片手に固まっているのだろう。

それを思うと。

（ホント。電話じゃなきゃソッコーで押し倒してるとこ）

つい、不埒《ふらち》な妄想に走ってしまう雅紀であった。

仕事が立て込んでホテルに詰めているとき、雅紀は尚人を想って、我慢できずに一人で抜いてしまうことなどザラにあったが。尚人には、自慰を禁じている。

それがエゴ丸出しだという自覚はあっても、不公平などと思ったことは一度もない。たっぷり蜜《みつ》の詰まった尚人のそこを揉《も》みしだいて、一滴残らず吐き出させる。その資格があるのは雅紀だけであった。

§§§§　§§§§　§§§§　§§§§

翌日の放課後。

担任の許可を取って、尚人たちはパソコン・ルームへとやって来た。その理由を聞かれて、文化祭関係の資料の確認だというとあっさりＯＫが出た。

別に、嘘でも間違ってもいない。ただ、その方向性が少々違っているだけで。

「最初から、見る？」

パソコン本体にＤＶＤをセットして尚人が問うと。

「や……とりあえず兄ちゃんメインで」

中野が言った。

桜坂も山下も、異論はないらしい。

「高校生の兄ちゃんかぁ。どんなんだろ」

「すっげー、ドキドキ」

「――俺も」

「なんだよ、桜坂。マジ？」

「おまえだって、やけにソワソワしてるだろ。山下」

「そりゃ、カリスマ・モデル『ＭＡＳＡＫＩ』の高校生時代だぞ？　俺たちと同世代だと思ったら、想像するだけで心臓がバクバクだって。なぁ、中野？」

「そう、そう」

「俺だって同じだ」

日頃はポーカーフェイスの桜坂までもが興味津々《しんしん》であることを隠さない。

尚人にとって、実兄である雅紀は見慣れた日常だが。見知っているとはいえ、三人にとって『ＭＡＳＡＫＩ』はやはり特別なのかもしれない。

『プログラム七番。剣道部による、剣舞。《花鳥風月》』

画面にアナウンスが入ると、三人の顔は期待込みでスッと引き締まった。

ひっそりと静まり返ったパソコン・ルームの一画で、桜坂たちは尚人が持ち込んだＤＶＤ映像に釘付け状態だった。

それから、約五分。

何も語らず。身じろぎもせず。ただ食い入るように凝視する。尚人が、そうであったように。

そして。尚人がＤＶＤを止めると。

「はぁぁ……スゲー」

「めちゃくちゃ、カッコイイ」

「兄ちゃん、スゴすぎ」

それしか言葉が見つからないのか、三人とも、しばし放心状態だった。

「やっぱ、高校時代からハンパじゃねーって感じ」

「ホント」

「只者《ただもの》じゃないオーラが出まくり」

「あー、クソ。生で見たかったなぁ」

尚人だって、そう思った。

ビデオであれなのだから、ナマの迫力はもっと凄かったに違いない。それを思うと、本当に悔しい。

「こういうのって、ホント、知る人ぞ知るって感じなんだろうなぁ」

それは——言える。

運と、タイミング。それは、何をするにおいても重要なキーワードである。

「なぁ、篠宮。もう一回見て、いい？」

「いいけど」

「なんか、一発目の衝撃が凄すぎて、兄ちゃん以外目に入らなかった」

「俺も。いろんなものを見逃した気がする」

二人して、ウン、ウンと頷き合う中野と山下であった。

結局。雅紀の剣舞も含めて、瀧芙高校の出し物を好きなだけ堪能してＤＶＤ鑑賞会はお開きになったわけだが。中野と山下の盛り上がり方が右肩上がりなのとは対照的に、桜坂は何か思うところでもあったのか、めっきり無口だった。

その桜坂が、駐輪場から正門まで来て。

「ンじゃあ、な」

「篠宮、サンキュー」

中野と山下と別れたあと、意を決したように口を開いた。

「篠宮。ちょっと、聞いていいか？」

「ん？　なに？」

「えー……と。とりあえずは、サンキュ」

いったい何を聞かれるのかと、ちょっとだけ身構えていた尚人は。

「……は？」

束の間、マヌケ面を曝した。

「や……だから、兄貴のビデオ。つい調子に乗って、ゴリ押しだったかなと思って」

まさか、桜坂がそんなことを気にしていたなんて……とか思うと、つい口元が緩んだ。

「大丈夫。ちゃんと、雅紀兄さんにはOKもらったし。でなきゃ、学校に持ってきたりしないってば」

それを言うと、桜坂は露骨にホッと表情を和らげた。

なんだか、いつもの桜坂らしくない。そんなことを言うと、失礼すぎるかもしれないが。

「なんだ。DVD見てる間、ずっと、そんなことを考えてたわけ？」

つい、確認したくなった。

「いや、そうじゃなくて……。なんか、やっぱ、スゲーなって」

「うん。それはもう、耳タコ」

あえて、尚人は茶化す。

尚人自身が『スゴい』を連呼して、雅紀はもはや苦笑いであったし。たぶん、雅紀にしてみれば、リアルタイムで聞き飽きてしまった称賛だったに違いない。

「あれって、兄貴が高三だったときのだよな?」

「そう。雅紀兄さんにとっては高校最後の文化祭」

「……で、それっきり剣道をやめちまったわけだ?」

中野と山下があえて聞かなかったことを、桜坂は口にした。口にせずにはいられなかった。

剣道と空手。その違いはあっても、武道という領分は同じ。だからこそ、桜坂は聞いてみたかった。やめて、本当に悔いはなかったのだろうか——と。

そんなことを聞かれても、たぶん、尚人は返事に困るだけだろう。尚人は雅紀ではないのだから。面喰らうとか、困惑する以前の問題だろう。

知っている。

わかっている。

むしろ、そういうことを口にすること自体、無神経極まりないのは百も承知だった。

それでも。

あえて。

桜坂は問わずにはいられなかった。

雅紀の剣舞を——見てしまったから。文化祭の余興というには凄すぎる演目にすっかり魅せられてしまったから。

キレのある、体捌き。

しなやかな、足捌き。

優雅で力強い、剣捌き。

修練に裏打ちされた基本があるからこそ、美しい。

和太鼓のリズムに乗って、衝《つ》く。

止める。

返す。

払う。

無駄のない、力みのない所作が――優美ですらあった。ただ綺麗なだけではなくて、心を打つ華やかさがあった。

そんな人が剣道という本分に立ち戻ったとき、いったい、どれだけ凄いのだろう。

『東の青龍《せいりゅう》』――と呼ばれていたと、聞いた。

全国の高校生チャンピオンという華々しい経歴と肩書き。桜坂は、そんな雅紀の本領を一度も目にしたことはないが。そういう二つ名で呼ばれること自体、只者ではない証である。

強くなりたい。

勝ちたい。

けれども、勝者がいれば必ず敗者がいる。目指すところは同じでも、勝負にはくっきりと明暗が出る。そこには、努力だけではどうにもならない才能という壁があるのだ。

頂点を極めるには『運』が必要かもしれない。それでも、それに見合う実力がなければ天辺《てっぺん》は取れない。

確かな才能があり。文句の付けようがない華々しい実績があり。周囲の誰からも将来を期待されている。

なのに。

どうして。

すべてを捨ててしまえるのか。

なぜ、そんなことができるのか。

ただの挫折《ざせつ》ではなく、絶頂期にすべてを放棄することの決断。葛藤《かっとう》がなかったとは、とうてい思えない。

桜坂には、たぶん……できない。

もう二度と空手ができなくなる自分——というのが、今は想像もできない。空手をやめるということを考えたこともないからだ。

野上《のがみ》に刺されたときですら、そんなことはチラリとも頭を掠めなかった。

生活苦のために、剣道をやめる。家族を養うために自分の志を曲げて、あえて別の選択をする。

そういう決断ができるというのが、凄い。凄すぎて、自分には絶対——無理。

『自己犠牲』

頭ではそれを納得できても、感情的には受け入れがたい。

「すまん。なんか……スゲー無神経なことを口走ってるのはわかってるんだけど」

雅紀が、その決断をしたのが高校三年生のとき。

今の自分とはたったひとつ違いなのだと思うと、何か、身体の最奥から込み上げてくるものが止まらなくなった。

「当時の篠宮の兄貴に比べたら、たった一年しか違わないのに、自覚も覚悟もぜんぜん足りてねーなって」

まさか、雅紀の剣舞を見ながら桜坂がそんなことを考えていたなんて、尚人は予想もしていなかった。

自覚と。

——覚悟。

桜坂に言われて、今更のように思う。雅紀が人生の転機という重大な決断を下した年齢に、ようやく、自分も追いついてきたのだと。

ある意味、当たり前すぎて意識もしていなかった。

(なんか、ぜんぜん成長してないって気がする)

内心、尚人はどんよりとため息を漏らした。

「もし、自分が篠宮の兄貴だったら……とか思うと、なんか……」

「……うん。桜坂の言いたいことはわかる。俺……雅紀兄さんの足枷《あしかせ》になってるんじゃないかって、ずっと思ってたから」

それは、本当のことだ。

桜坂はハッと目を瞠った。

「雅紀兄さんから剣道を奪ったのが自分たちだと思ったら、まともに雅紀兄さんの顔が見られなくなった。周りのみんなも、そういう目で見てるんじゃないかって、内心ビクビクだった」

桜坂は、今更のように焦る。自分が無神経に口走ってしまったことで、尚人のトラウマを掻《か》きむしってしまったのではないかと。

「でもね、桜坂。雅紀兄さんが言ったんだ。俺は、今の自分にできるベストな選択をしただけだって。だから、赤の他人が何を言っても関係ない……って」

「……スゲー男前な台詞《せりふ》だな」

心の底から、そう思う。誰にでも言える台詞ではない。揺るぎない覚悟があるからこその、言葉だと思った。

「だから、俺も、自分にできることからやればいいかなって思う」

「——そうだな」

「理想は、あくまで理想だから。桜坂も言ってたけど、高三の雅紀兄さんと今の自分とじゃレベルが違いすぎて、ぜんぜん無理。でも、目標があるってことは、ちゃんと頑張れるってことだしね」

あの兄にして、この弟あり。

桜坂は、ふとそれを思い。ゴチャゴチャになった頭の中を整理すべく、ゆっくりと深呼吸をした。

《＊＊＊　見えない明日　＊＊＊＊》

実父──篠宮拓也《たくや》の葬儀、初七日も終わり、日々が慌ただしく過ぎていく。

しかし。どれほど時間が経っても、智之《ともゆき》の頭から事件のことが消え去ってしまうことはなかった。

いったい。

どうして。

──こんなことに。

むしろ。時間が過ぎていくほどに、疑問はどんよりと重くのし掛かってきた。

なんで。

どうして。

──あんなことに。

自問すればするほどに、疑念は肥大していく。疼《うず》きしぶる痛みとともに。

なのに、その答えは永久に得られない。息子の慶輔《けいすけ》を刺したショックで脳卒中を起こした拓也は意識を取り戻すことなく他界してしまったからだ。
本当に。いったい、どうして。こんなことになってしまったのか。
いくら考えても、わからない。
今でも、信じられない。
どうにも——納得できない。この悲惨な結末が。
こんなことが現実だと、認めたくない。
父親が自分の目の前で死んでしまったことが——受け入れがたい。
なぜ。
どこで。
何を。
——間違えてしまったのか。
答えの出ない迷宮に彷徨《さまよ》い込んでしまったかのように、もがく。
身悶《みもだ》えて——足掻《あが》く。
そして。自責と後悔の呪縛《じゅばく》のループに嵌《はま》る。
もしも。
あのとき。
慶輔が泊まっているホテルなんかに行かなければ。

『今の慶輔に何を言っても無駄だ。下手に関わるな』

長兄の明仁《あきひと》の言う通りにしていれば。こんな悲劇は起きなかったかもしれない。

もしも。

自分が。

父親を止めていれば……。

激昂《げっこう》する父親を宥《なだ》めることができていれば……。

探偵に頼んで、兄の居所を探したりしなければ……。

そうすれば。

もしかしたら。

あんなことには——ならなかったかもしれない。

考えないようにしようとしても、駄目だった。無駄だった。どうにもならなかった。

自責と。

後悔と。

悔恨で、身も心も押し潰《つぶ》されてしまいそうだった。

明仁が。

『おまえが悪いんじゃない。親父の性格なら、おまえも知ってるだろう？　あれは、親父本人にも誰にも予測がつかない事故だったんだ』

妻の麻子《あさこ》が。

『あなたのせいじゃない。あなたは何も悪くない。いろんなことが重なって、あんなことになってしまっただけ。もしも、誰かがそのことで責任を取らなきゃならないとしても、それは、絶対にあなたじゃない』

どんなに言葉を尽くして慰めてくれても、自責の念と後悔で真っ黒に塗《ぬ》りつぶされてしまった智之の心には響かなかった。

もしも。

あのとき。

——していれば。

——しなければ。

——だったなら。

寝ても覚めても、呪縛のループが待っているだけだった。

§§§§　§§§§　§§§§　§§§§

午後五時を少し回った頃。

いつものように。高校ではなんの部活もやっていない零《れい》が学校から家に帰ってくると、台所で母親が夕食の準備をしていた。

普段パートで働いている母親が戻ってくるのは、零よりも遅い。その母親が、このところは毎日家にいる。仕事は当分休む。そう言っていた。

日頃は快活な母親の背中がぐったりと疲れ切っているように思えるのは、決して気のせいではないだろう。

「ただいま」

零が声をかける。

「お帰りなさい」

手を止めて振り向いた母親の顔は冴《さ》えなかった。いや――やつれていた。

どんなときでも『なんとかなるわよ』がモットーのポジティブでお気楽思考の母親も、今は無理に笑顔も作れないということだ。

その理由は、わかりきっている。

祖父の初七日の法要が終わって、これで何もかもが元通り――などと甘いことを考えていたわけではないが。祖父の起こした衝撃的な事件の余震は、当分収まりそうにもなかった。

特に、慶輔の愛人がテレビの特別番組で、その日、ホテルの一室でいったい何が起こったのか。『密室の真相』なるものを語ってからは、マスコミが一気に盛り返してきて、家の前は騒然となった。

——慶輔氏の愛人であるMさんはああ言ってますが、反論は?

——あれが事の真相ですか?

——何も反論しないということは、そうなんですか?

——Mさんに言いたい放題言わせておいて、いいんですか?

レポーターの大合唱に苦情が出たのか、パトカーまで出動する騒ぎになった。だが、排除されてもゴキブリ並みにしつこいマスコミはまたすぐに出没する。きりがなかった。

そのせいで、零と瑛《あきら》の兄弟は、一時登校するのも大変な思いをした。

傍若無人《ぼうじゃくぶじん》に突きつけられるマイク。無神経な詰問。挑発的な物腰。カッとして一言でも言葉を発したらその揚げ足を取ってしつこくまとわりつかれるのはわかりきっていたので、零も瑛も完全黙殺だったが。それだけでも、確実に神経は磨《す》り減った。

他人の不幸に群がるマスコミの非常識と無神経さには、腸《はらわた》が煮えくりかえる。我慢するにも限界がある。

いいたいことは山ほどあるが、何も言えない。ただじっとこの騒ぎが収まるのを、待つしかないのだろうか?

そのストレスで、頭が弾けそうになる。

以前、雅紀がマスコミに追い回されているところをテレビで見ていた頃は、ある意味、まったくの余所事《よそごと》だった。

(大変だよなぁ、雅紀さんも。マスコミって、ホント無神経)

人並みに同情して。

月並みに怒って。

ありふれた心配をして。

けれども。ただ、それだけだった。

画面の中の雅紀が、完全黙殺で報道陣を蹴散らして歩く姿に。

(雅紀さん、超クール。相変わらずカッコイイよなぁ)

ノーテンキに、そんなことを思う余裕すらあった。

日常生活には実害がまったくなかったからだ。テレビの中の出来事には、現実感も切迫感もなかったからだ。

本当に、何もわかっていなかった。今にして、痛感する。

なぜなら。今の零たちは、

【身内の恥をナイフで解決しようとした短絡老人の孫】

——だからだ。

祖父も父親も、スキャンダラスな傷害事件の当事者だからだ。

その真相究明は自分たちの使命であるという大義名分を振りかざして、マスコミは零たち家族を容赦なく踏みにじる。

痛すぎる現実だった。

誰も、自分たちを守ってはくれない。

自分たちのことは、自分たちでなんとかするしかない。

明仁は自分たち家族のことを何かと気にかけてくれるが、雅紀のような最強の守護神にはなり得なかった。

そうなってほしいと、過大な期待をする自分がいる。そのことに気付いて自嘲《じちょう》する。

明仁には明仁の生活がある。なのに、自分勝手な思い込みをしている自分に嫌悪感すら覚えた。

「——父さんは？」

「寝てる」

「……そう」

父親は今、精神的にすっかりまいっている。祖父の葬儀からこっち、いつそうなってもおかしくない状況だった。

ただの杞憂《きゆう》ではなく、誰が見ても一目瞭然《りょうぜん》といった類《たぐい》の危惧《きぐ》だった。

不安で、心配で、どうしようもなく胸が……胃が痛くなった。

声をかけたくても、かけられない。それ以前に、何を言えばいいのか……まったくわからない。

あの豪放磊落《ごうほうらいらく》な父親が生気の失せた青ざめた顔つきで黙りこくったまま、ろくに食も摂らず、ベッドから出ようともしない。

自分の父親に限って、まさか、そんなことが起きるなんて——思いもしなかった。その衝撃は大きい。大きすぎて、零はただ立ち竦むしかなかった。

いったい何を、どうすればいいのかわからなくて……苛《いら》つく。

こんなときに、何もできない自分が……悔しい。

自分自身に腹が立って、途方に暮れる。

「俺、何か手伝おうか？」

零が言うと、母親はわずかに口元を緩めた。

「そうね。じゃあ、洗濯物でも取り込んでもらおうかな」

「わかった」

零が口にして、鞄《かばん》を床に置いた。

——そのとき。

テーブルに置かれた携帯電話が鳴った。

一瞬、なにげにドキリとした。

祖父の死後、家の固定電話は切ってある。留守番モードにしても、イタズラ電話や無言電話、マスコミの取材電話が容赦なくかかってくるからだ。

世の中、暇な連中とバカな奴らが多すぎ。

そんなふうに鼻であしらう余裕もなかった。それどころか、精神的に追い詰められている感で奥歯が軋《きし》った。

家の前にしつこく張りついていたマスコミがいなくなっても、いまだに電話は切ったままだった。

静まり返った室内に鳴り響く電話の音に怯《おび》える家族。そんなものは、テレビドラマかホラー映画限定のフィクションだと思っていたが。現実は、もっとシビアだった。

母親が携帯電話を摑《つか》んで通話モードにした。

「……はい。篠宮でございます」

零はそんな母親をじっと見ている。どこからの電話なのか、それが気になったからだ。

「あ……いつも瑛がお世話になっております」

(須賀《すが》高から?)

瑛は須賀高校まで電車通学をしている。この時間帯であれば、野球部の部活中だろう。

——なんで?

それを思った、瞬間。

「え？　瑛が？」

　母親は一瞬、絶句して固まった。

（なんだ？）

「はい。……はい。――わかりました。すぐに、伺います」

　携帯電話を閉じて、母親は深々とため息をついた。何かよくない知らせを窺《うかが》わせるには充分だった。

「なに？　瑛がどうかしたわけ？」

　たまらず、零が口を開く。

「部活中に喧嘩《けんか》して、怪我《けが》をしたみたい」

　それがどの程度の怪我なのかを心配するより先に、

（あの……バカッ）

　零はギリと奥歯を軋らせた。

「お母さん、ちょっと行ってくるから。あと、頼んでいい？」

　母親の言う頼み事が夕飯のことではなく、部屋に閉じこもったままの父親のことであるのは明白だった。

　零が頷くと、母親は手早くエプロンを外して学校へ向かうための支度を始めた。

「何かあったら、お母さんの携帯に電話して」

そう言って、母親は家を出て行った。

家から須賀高校まで、車で約三十分。夕方のラッシュが始まるこの時間帯であれば、もっと時間がかかるかもしれない。

とりあえず。零は小さくため息をついて、洗濯物を取り込むためにベランダへと歩いていった。

§§§§　§§§§　§§§§　§§§§

午後七時五十分過ぎ。

瑛と母親が家に戻ってきた。

ガレージに車が止まる音を聞いて玄関先まで出向いた零が、

「お帰り」

先に声をかけると。

「ただいま。遅くなってゴメンね」

母親がぐったり疲れ切った声で答えた。

――が。瑛は無言だった。零の視線を避けるように俯《うつむ》いたままの顔にはいくつもの痣《あざ》があり、唇は切れて血がこびりついていた。

運動部の部活に、暴力沙汰《ざた》は厳禁である。そんなことは、帰宅部の零にだってわかる常識である。秋の新人戦が終わったばかりなのは不幸中の幸い……などとは、とうてい言えない。

そのまま、瑛は何も言わずにのっそりと二階に上がっていった。

零はその腕を摑んで事の次第を問い質《ただ》したい衝動に駆られるのを、グッとこらえた。今それをやったら、苛ついた感情のままに瑛を怒鳴りつけてしまいそうだったからだ。

それよりも、まず、部活で何があったのかを母親に聞くほうが早い。

「なんか、飲む?」

「冷たいお茶でももらおうかな」

母親が椅子《いす》に座ると、零は冷茶の入ったグラスをテーブルに置いた。

「ありがと」

母親がグラスを摑んでゆっくりと喉《のど》を湿らせるのを待って、零は切り出した。

「喧嘩の原因って、なに?」

改めて聞くまでもないようにも思えたが、一応、話のきっかけが欲しくて口にする。

「いろいろとね、言われてるらしいの」

唇重く、母親が言った。

何がいろいろ……なのか、母親はあえて口にしなかったが。聞かなくても、わかる。たぶん、零が置かれている状況と大差はないように思えた。

尚人が自転車通学の男子高校生ばかりを狙った悪質な暴行事件の被害者になって、それによって雅紀の名前と顔がスキャンダラスにクローズアップされたとき、同じ篠宮姓であっても周囲の反応はごく普通だった。

——なぁ、篠宮。『MASAKI』の本名って『篠宮』だってさ。知ってた？

——もしかして、家系図のどこかで『MASAKI』と繋がってたりして。

——もしそうだったら、スゲーよな。

——けど、ごくフツーに考えて、不倫して家族をポイ捨てするような父親と親戚とかだったらイヤじゃん。

——そうだよ。最悪。

その程度だった。ジョークのネタになっても、それ以上ではない。

雅紀の美貌《びぼう》と零たちは似ても似つかなかったから、誰もまさか従兄弟《いとこ》などとは思いもしなかったに違いない。

零も瑛も、雅紀がカリスマ・モデルに華麗な変身を遂げても、『MASAKI』が自分たちの従兄弟であるなどとは自慢げに吹聴したりはしなかった。

しかし。慶輔が書いた暴露本『ボーダー』が出版されるやいなや、すべてが引っ繰り返ってしまった。

そこに出てくるのはすべてが実名であり、その家族構成まで事細かに描写されていたからだ。

それで、何もかもがバレまくりになってしまった。

超絶美形のカリスマ・モデルが従兄弟だなんて、スゴい。羨ましい。

……どころではない。

あくまで慶輔視点で書かれた歪んだ事実によって、篠宮の親族は甚大《じんだい》な被害を被《こうむ》った。

――篠宮の親父って、空気読めないラグビー・バカなんだ？

――あの『ＭＡＳＡＫＩ』が従兄弟じゃ、かえって惨《みじ》め？

――名前のせいでお祖父ちゃんに虐《いじ》められてたって、ホント？

――雫はゼロだから？　それで、弟の名前は普通なんだ？

――売れない書道家のおじさんが結婚できないのって、ホモだから？

――ぎゃ～～ッ、キモイ。

九割方が、興味本位の口さがないバッシングだった。

皆で盛り上がるためのスキャンダラスなネタには困らない。『ボーダー』は、最悪最低の暴露本だった。

見知らぬ下級生にまで視線で名指しされる不愉快。苛立たしさが募って、腹立たしくなる不快感。

そうして、今更のように気付いた。雅紀たち家族は、ずっとそんな理不尽に曝されてきたのだと。

当事者になって、初めて知った。人の不幸を食いものにするマスコミの横暴と、それに群がる連中の、あくまで他人事《ひとごと》でしかない非常識ぶりを。

そして。祖父が引き起こした事件により、零たち家族のダメージは決定的になった。

——自分の息子を刺すジーちゃん。怖すぎだろ。

——殺人未遂の加害者の孫って、ぶっちゃけ、どういう気分？

——篠宮ンとこの身内って、みんなやることがハンパねーよな。

——取り澄ましたツラしてる篠宮だって、ブチキレたらナイフを振り回すかもよ？

——恐ぇ〜〜ッ。

それでもう堕ちる先はないかと思っていたら、慶輔の愛人がテレビで暴露した。あの日、ホテルで本当は何があったのかを。当事者だけが知る生々しい告白に、愕然《がくぜん》とした。

リアルすぎて、衝撃だった。

愛人が語ったことがすべて事実なのか。

——否か。

零にはわからない。その一部始終に関わったとされる父親の真実がどこにあるのかさえ……不明だった。父親は何も語らないまま、いや——語れないほど心身ともに衰弱しきっているからだ。

それを思って唇を嚙《か》み締める零に、母親がボソリと言った。

「ねぇ、零。あんたは大丈夫なの？」

「……え？」

とっさのことで、何も取り繕えなかった。

「学校で、あれこれ言われてるんでしょ？」

今まで、母親は、一度もそんなことを口にしたことがなかった。父親のことで、これから先の生活のことで、頭がいっぱいだったこともあるだろう。

今日、瑛がこんなことになって、息子たちが置かれている状況が悪化していることに気付いたのかもしれない。

零も瑛も、家では——母親の前では何ひとつ愚痴《ぐち》らなかった。母親にはこれ以上の心配を、負担をかけたくなかったからだ。

「別に、気にしてない」

気にしても、しょうがない。零が唾《つば》を飛ばして何を力説したところで、何も変わらないからだ。

「何を言われても、聞き流せば済むことだから」

目も耳も、シャットアウトにしてやり過ごす。それしかないと思っている。

当時、小学生であった尚人たちにできたことが、高校生である自分にできないはずはない。そう、信じたい。

「零は強いから」

母親が口の端でうっすらと淋しく笑う。

正確には、打たれ強いから——と言いたかったに違いない。そこらへんは、堂森《どうもり》の祖父に嫌というほど鍛えられた。

だから、祖父が死んでも涙は出なかった。むしろ、すべての責任を父親に押しつけて死んでしまったことに憤りさえ覚えた。

【自分でやったことの責任は、ちゃんと自分で取れ】

生前はあんな偉そうなことを言っておきながら、独りでさっさと楽になってしまった祖父に無性に腹が立つ。

「本当に強いのは雅紀さんだと思う」

本音がポロリとこぼれ落ちた。

「俺、雅紀さんみたいにはなりたくてもなれないけど。でも、何かの役には立つと思う。だから、母さん、無理しないで。ここで母さんまで気疲れでダウンしたら、ホント、笑えないから」

父親にかける言葉はなくても、母親には——言える。ちゃんと、口にできる。今、自分が何をどう思っているのかを。溜め込まないで、きちんと言葉にして伝えることが大切なのだと。

するると、母親は。


「うん。そうだね。ありがと」

無理やり笑おうとして逆に口の端が引《ひ》き攣《つ》り、ポロリと涙をこぼした。

「あ……ヤだ。ちょっと……ゴメン。ゴメンね……零」

そんな母親の泣き顔を見たくなくて、見ていられなくて……。零は、そっと椅子から立ち上がった。

§§§§　§§§§　§§§§　§§§§

トレイにおにぎり三個と適当におかずを見繕いミネラルウォーターのペットボトルをひとつ載せて、零は瑛の部屋のドアを軽くノックした。

「瑛。入るぞ」

ゆっくり、ドアノブを回す。

零も瑛も、普段は滅多に鍵などかけないが。帰ってくるなり一言もしゃべらずに部屋に引きこもった瑛だったから、もしかしたら鍵がかかっているかもしれない。そう思っていたが、ドアはすんなりと開いた。

瑛は、ベッドで不貞寝《ふてね》していた。

「ほら。おにぎり。腹、減ってるだろ。食え」

いらない――とは、言わなかった。チロリと横目で見やって、零が机の上にトレイを置くとのっそりと起き上がった。

「母さんが、持ってけって？」

唇の端が切れて痛いのか、言ったとたんに顔をしかめた。

「そうだよ。飯も食わないまんまじゃ、腹が減って眠れないだろうが」

瑛はベッドを出て、椅子にどっかりと座った。

そして、おにぎりをひとつ取ってモソモソと食べる。切れた唇が痛いらしく、腹が減ってはいてもガツガツとは食えないらしい。

「おまえ。あんまり、おふくろに心配かけるなよ」

「なんか……聞いた？」

「聞かなくても、丸わかりだろ」

いろいろ、あれこれ言われて――ブチギレた。それに違いないのだろうから。

何を言われてキレたのか。今更、そんなことを聞いてもしょうがない。何をどう言い繕って

も、喧嘩の理由はミエミエだからだ。何を言っても、自分を正当化するための言い訳にしかならないからだ。

だが。

そのとき。

ふと、久々に再会した尚人の言葉が思い出された。

『でもね、零君。悲しいときとか、怒りで頭が弾けてしまいそうなときとか、やっぱり捌《は》け口《ぐち》は必要だと思うよ？　口にしないで溜め込んじゃうと、よけいにグラグラ来ちゃうから』

グラグラどころか、すでに何発もカマされたあとである。

（尚君も、グラグラしちゃった経験があるんだよな？　その捌け口って、やっぱり……雅紀さん？）

たとえ弟が相手でも、愚痴のサンドバッグにされるのは避けたい零だが。雅紀なら、きっと、捌け口にされてもそれなりにしっかりアドバイスまでしてくれるに違いない。

それは、雅紀だからできることであって、周囲の雑音は聞き流しにできても零はそこまで達観できない。

——どころか、自分のことで手一杯だ。

母親にも言ったが。零は、雅紀のようになりたいと思ってもなれない自分をちゃんと自覚している。高望みをしてもしょうがない。かえって、自分が惨めになるだけだ。

奈津子《なっこ》伯母が自殺したとき、雅紀は今の零と同じ高校生だった。家族のためにアルバイトをして家計を支え、将来を嘱望《しょくぼう》されていたのに大学には進学せずにプロのモデルになった。

——ホント、スゴすぎ。

零にはまだ、そんな覚悟さえできていない。将来、何をやりたいというわけではなく、ただ漠然と大学受験を目指しているだけだった。

だが。このままでは、大学に進学できるかどうかすら危うい状況である。そのことに、嫌でも直面させられた。

「でも、おまえが聞いて欲しいんなら、聞いてやるぞ?」

瑛はおにぎりを持ったまま、束の間、押し黙り。ペットボトルの水で一口喉を潤して、ようやく口を開いた。

「俺、部活で、けっこう妬《ねた》まれてんだよ」

「一年生で即レギュラー確実だから?」

茶化してはいない。それが、瑛の実力だからだ。須賀高校には野球で推薦入学をした。——と言っても過言ではない。

野球は団体競技だから、一人だけ際立っていても試合には勝てない。中学時代は地区代表がやっとで、県代表には縁がなかった。だが、打って守れる大型スラッガーとして、その方面ではけっこうな有名人だった。

当然、県外の私立高校からの誘いもあった。特待生として学費は全額免除してもいい。そういう美味《おい》しい話もあった——らしい。

しかし。父親が県外には難色を示した。父親もラグビーをやっていたから『特待生』という言葉のマジックには慎重だったこともあり、結局、それで地元の須賀高校に進学したのだ。

小学生時代から運動系にはまるで縁のない零でも、素直に瑛は凄いと思えた。そんな弟が、誇らしくもあった。

——が。中学でも高校でもなんの部活もやっていない帰宅部の零には、体育会系の上下関係の厳しさなんてものは話に聞くだけでよくわからない。というより、はたから見ていると、なんでそこまで? ……と首を傾げたくなるようなことすらある。

「エコヒイキされてるって、露骨に文句を言う先輩もいるし」

「レギュラー?」

「たいがい、ベンチウオーマー」

(……だろうな)

「そりゃ、単に実力がないのを僻《ひが》んでるだけだろうが」

素人の零にだって、わかる。

「でも、先輩は先輩だから」

「そいつにネチネチいびられてるわけ?」

実力で敵わないから、あからさまに口撃？

それはそれで、惨めだろうに。仲間内で陰口を叩くのと、面と向かって嫌がらせをやるのとは違う。

やってる本人に自覚がなければ、ただのバカだし。自覚しているのなら、根性がねじ曲がっているとしか思えない。

「そいつだけじゃないけど」

最初はボソリ、ボソリと話していた瑛も、喧嘩になった経緯を語り始めるとそのときの怒りと悔しさがブリ返してきたのか。

「許せなかったんだよ」

一言、吐き捨てた。

「だって、あいつら、ジーちゃんのことを持ち出してしつこく絡んできやがるから。部活とジーちゃんが、なんの関係があるんだよ」

それは、だから、あわよくば瑛をレギュラーの座から引《ひ》き摺《ず》り落としたいってことだろう。

ミエミエではないか。

「だから、殴ったのか？」

瑛は目で肯定した。

「結局、最後は乱闘になって、どさくさ紛れで先輩の一人が鎖骨を折った」

それは、痛すぎる代償である。

「ンで病院で、そいつの親が、カッとして暴力事件を起こすなんてジーちゃん譲りとかなんとか怒鳴り散らして母さんにくってかかるから、俺、マジでぶん殴ってやろうかと思った。顧問の先生に止められたけど」

聞けば聞くほど状況が悪化していくようで、ズキズキと偏頭痛がしてきそうだった。

「……で?」

「謹慎になった」

「喧嘩相手も?」

「そう」

喧嘩両成敗ということだろう。相手が何人いたのかは知らないが。

言葉の暴力も、下手をすれば殴られるよりも痛いことがある。喧嘩は先に手を出したほうが負け――であっても、挑発目的で汚い口撃をしてきたほうにも充分責任はあると思う零だった。

「ンで、おまえはどうしたいわけ?」

「なんかもう、嫌になった」

「野球が?」

「……違う。クソばっかりな連中が」

それは――否定しない。しないが……人の口に戸が立てられないのも事実だ。

たとえ、それが理不尽の極みであっても、いちいち反応していたらキリがない。

「だったら、別の誰かが祖父《じい》ちゃんを持ち出してくるたびに、おまえ、また殴るわけ？」

「……わかんない。わかんないけど……何を言われてもじっと我慢してるだけなんて、そんなの……もう嫌なんだよッ」

ギリギリと歯噛みする音が聞こえてきそうだった。

「ジーちゃんのやったことは最悪だけど、そこまで追い詰めたのはあいつだろ。なのにッ……。なんで俺たちが、そのトバッチリを食わなきゃならないんだよ。そんなの、おかしいだろッ」

あることないこと、好き勝手に言われることの屈辱。

その果ての――憤激。

堂森の祖父はそれでブチギレて、慶輔を刺した。祖父に同行していた父親は、その悲惨な結末の責任が自分にあるという呪縛に嵌って苦悩している。

諸悪の根源は慶輔である。

誰の目にも一目瞭然の事実だった。

だからといって、慶輔が祖父に刺されて当然――だとは、零には思えない。

極論を言ってしまえば。真の意味で、極悪非道なクソ親父である慶輔を断罪する資格と権利があるのは雅紀たち兄妹弟だけである。

だが。雅紀たちは、慶輔を『視界のゴミ』として切り捨てることを選んだ。

なのに。祖父は、慶輔を刺すことで自分の視界から排除しようとした。零には、そうとしか思えなかった。

たとえ、それが、ただの衝動であったとしてもだ。

やむにやまれぬ激情？

それは、ただのエゴだろう。そのせいで、今のこの状況になっているのだから。

祖父に可愛がられた記憶しかない瑛は、

「ジーちゃんが可哀相だ」

それを連発するが。投げつけられた言葉が殴られるよりも痛いことを実体験させられてきた零には、自分がやったことを人にやられたからといって逆上する祖父の身勝手さばかりが目についてしょうがない。

「嫌なことはイヤだって言わなきゃ、誰もわかってくれない。そうだろ？」

強い目で、瑛が零を見た。

「言ったのか？　そのクソバカな連中に」

瑛は、唇を噛んだ。

どうやら、言葉にする代わりにパンチを食らわした——らしい。

それはまんま祖父と同じパターンだということに、瑛は気付いてもいないのだろう。

「なぁ、瑛。俺は部活なんてやったことがないから、偉そうなことは言えないけど。たとえどんな理由があっても、やっぱり、部活中に場外乱闘はマズイと思うぞ?」

「だから、それはッ」

「今、ウチがどんな状態か。おまえ、ちゃんとわかってるか?」

とたん。瑛が唇を噛み、目を落として項垂《うなだ》れた。

父親のこと。

母親のこと。

ちゃんとわかっているのなら、何を言われても我慢しろ——などと説教する気はない。ただ……。

「祖父ちゃんのやったことをダシにされてネチネチいびられるのは、もう限界。おまえがそう思ってるってことは、今日のことで野球部の奴らも思い知っただろう。だから、これからは、喧嘩して怪我する前におまえもちゃんと考えろ。これ以上、おふくろに負担をかけるな」

それだけ、きっちりと念を押す。自分のことだけを考えていればいい場合じゃない。そんな状況じゃない。

すると、瑛は喉奥から搾《しぼ》り出すように言った。

「俺たちの家族までメチャクチャにして、なんであいつは生きてるんだよ。ジーちゃんの代わりに、いっそ、あいつが死ねばよかったのに」

それが不謹慎極まりない暴言だとわかっていても、零は。

——バカなことを言うなッ。

とは、言えなかった。零自身、本音の部分ではものすごい理不尽を感じないではいられないからだ。

祖父に刺されても死ななかった悪運？

祖父と同じように脳卒中を起こしても生きている強運？

零には、慶輔が、自分の家族のみならず身内を喰らって破壊し続ける怪物《モンスター》に思えてしょうがなかった。

いったい、何が。

どうして、そこまで。

一瞬、それを思い。そんなことを考えてもどうにもならない痛すぎる現実に、零は唇を噛み締めずにはいられなかった。

《＊＊＊　脱却　＊＊＊》

その日。

篠宮《しのみや》家に新品の自転車がやってきた。フレッシュグリーンのボディーは太陽光を反射してキラキラと輝き、眩《まぶ》しいばかりであった。

「ナオちゃん、なかなかセンスいいじゃん」

裕太《ゆうた》が言うと。自転車選びを任された尚人《なおと》はニコリと笑った。

「ちょっと、足慣らしをしてみたら?」

「うん」

裕太本人は。

——一回乗り方を覚えたら何年経っても忘れるわけないだろ。

自信満々で断言したが。実際に何年も乗っていないと、記憶と反射神経にそれなりの齟齬《そご》があるかもしれない。

「ンじゃ、ちょっと一周してくる」

家の前から自転車にまたがり、一漕《こ》ぎですんなりと出た自転車はそのまま危なげなく進み、カーブをふらつくこともなく右へと消えた。

（ホント、楽勝だな）

昔の裕太がガンガン自転車を乗りこなしていたのを思い出して、尚人はフッとため息をついた。

それから、ゆっくりと戻ってきた裕太は。

「やっぱ、気持ちいい」

ニッと笑った。

「じゃあ、これから買い物は裕太に全部まかせるから」

裕太が高らかに宣言したことの揚げ足を取るわけではないが、一応、それなりの期待を込めて口にする。

「わかってるって」

わざわざ駄目押しをすんなよ——とばかりに裕太が唇を尖《とが》らせた。

尚人的には、裕太が引きこもりの殻を破って外に出るための自転車であれば、別に無理をしてスーパーに行かなくてもいいのだが。ただフラフラと出歩くよりもきっちりとした目的意識があったほうがいい——と、本人が言うので。

それがどうして、突然『スーパーに買い物』なのかは、わからないが。引きこもりからの脱却には裕太なりのプランがあるのだろう。

尚人にしても、休日に一気にまとめ買いをする手間が省けて大助かり……なのは事実だが。本音では、息切れしない程度に頑張れ——と言いたいところだ。せっかくやる気マンマンなのに横から水を差すのもなんだから、あえて口にしなかったが。

§§§§§　§§§§§　§§§§§　§§§§§

祖父の葬儀に出ることで、裕太は自分なりのケジメをつけた。

裕太にとって不登校と引きこもりは一種の自己主張であったが、兄弟間の軋轢《あつれき》という根本的な問題がそれなりに解決されてしまえば、もう意固地になる必要もなかった。

だからといって、すぐに視界が開けたわけではない。そんなに簡単なことではない。引きこもりをやめたからといっても、積極的にどこかへ行きたいとかいう欲もなければ予定もないからだ。

最初に思ったことは、一人で家事をやっている尚人の負担を減らしたい。それだった。

雅紀《まさき》は仕事で家計を支えている。超多忙な日々で、家に帰らない日も多い。よくよく考えれば、雅紀が高校生のときからずっと、尚人と裕太は雅紀に養われているようなものだった。

尚人は、学業のかたわら家事をこなしている。家の中がいつも綺麗《きれい》に片付いているのも、時間になればちゃんと食事ができるのも、清潔な恰好でいられるのも、すべて尚人のおかげである。それがどれほど凄《すご》いことなのか、裕太は考えたこともなかった。自分のことだけしか頭になかったからだ。

今は、違う。尚人がキッチリ家事をやってくれているおかげで日常生活ができているのだとわかっている。

そんな兄二人に比べて、自分はただのお荷物にすぎないのだとようやく自覚することができた。

あれをやれ、これをしろ——などと言われたことは一度もない。ただ、雅紀には、

【食う物も食わないで栄養失調になって病院に担ぎ込まれたら、今度は家を出す】

そう宣告されたことはあるが。

逆に言えば。それは、なんの期待もされていないということである。

突き詰めて言ってしまえば。いてもいなくてもいい存在……だった。

変な話だが。引きこもりという手段でもって裕太が雅紀と尚人を拒絶していたはずなのに、逆にひどい疎外感を覚えた。なぜなのか、自分でもよくわからないが。

孤独が気にならない——とか、そういうことすら考えたことはなかった。いつも、頭の中は

不満と憤りが渦を巻いていたからだ。

なのに。沙也加《さやか》が慶輔《けいすけ》と同じように突然家を出て行ったときには、見捨てられた感でいっぱいになった。

いや。それ以前に、加門《かもん》と堂森《どうもり》の祖父母が裕太を引き取りたいという話が出たとき、すでに、自分は篠宮の家にはいらない存在なのではないかと、頭のどこかに刷り込まれてしまったのかもしれない。

更には。沙也加に電話で、

【お兄ちゃんは尚さえいればいいんだから】

グッサリと駄目押しをされた。

それで、ますます頑《かたく》なになった。兄二人を拒絶しているはずなのに、疎外感で頭が弾けそうだった。

それって、違うだろ。

おかしいだろ。

あり得ないだろ。

思いっきり否定しても、喉《のど》に突き刺さった小骨のように絶えず疼《うず》いた。

無視しても。

否定しても。

——駄目だった。

雅紀が尚人を抱くようになってからは、それがいっそう酷《ひど》くなった。

雅紀が平然と尚人を抱くのは、篠宮の家から裕太の居場所をなくしてしまいたいからだとしか思えなかった。

拒絶しているはずなのに、無関心ではいられない——ジレンマ。

突っぱねているのは自分であるはずなのに、どうやっても疎外感が消えない。

それがただの被害妄想だと気付くのに、五年もかかった。終わってみれば。

——なんだ、そんなことなのか？

拍子抜けした。

——バッカじゃねーの。

自嘲《じちょう》した。

思い悩み続けた五年間はなかったことにはできないが……チャラにする気もないが。変わろうとする努力は不可欠なのだと知った。

遅れに遅れている勉強も、本気でやる気になった。残してあった尚人の参考書とビッチリ書き込まれたノートが役に立っている。だが、不登校問題は棚上げにされたままだ。

たぶん、このまま登校せずに紙切れ一枚で卒業することになるだろう。学力もないのに、中学三年生をやる気はない。

当然。高校進学とか、考えられない。今は……まったく。

だから、今の自分にできることをする。

自転車でスーパーに買い物に行くのも、そのひとつだ。マイバッグと尚人が書いた買い物リストと財布を持ってスーパーへ。

――買い物なんてチョロい。

そう思っていたが、自転車の前カゴに収まりがいいように品物の詰め方ひとつにもコツがいるのだと知った。

卵が跳ねて割れないようにするにはどうすればいいのか、とか。長ネギなんて邪魔くさいだろ、とか。家に着いたら食パンが潰《つぶ》れていた、とか。

賞味期限ってどこに書いてあるんだよ？

パッと見て、ほうれん草と小松菜の違いもわからなかった。当然、どれがアジでサバなのかもわからない。

――ったく、メンドクセーな。

リストにあるから、それを買って帰らなければならない。ひとつでも間違えたら、恥である。まともに買い物もできない――とか思われるなんて、裕太のプライドが許さない。

買い物は、買ったものをそれぞれの場所にしまうまでが買い物、とか。実際にやってみて初めてわかる買い物初体験は、けっこう――疲れた。

疲れたと感じる自分が体力なしのヘナチョコに思えて、なんだか情けなくもなった。

（まっ、慣れてしまえばどうってことないってことだよな）

それを思い、裕太はベランダに出て洗濯物を取り込むのだった。

§§§§　§§§§§　§§§§§　§§§§§

最近、尚人の放課後は楽勝だった。

下校して家に帰ってくればご飯はちゃんと炊《た》けているし、洗濯物もきちんと取り込んである。日用品の買い物も紙に書いておけばバッチリ揃《そろ》っている。

そういえば、あれがなかった……と、調理中に慌てて自転車に飛び乗って近くのコンビニに行く必要もなくなった。

それだけ、裕太の本気を感じる。それが、何よりも嬉《うれ》しい。

昨日も、夕方、家の真向かいに住んでいる森川《もりかわ》夫人にバッタリ会って。

「尚君、よかったわねぇ。裕太ちゃんが元気になって。おばさんも嬉しくて、つい泣けてきそうだったわ」

言われてしまった。

そうやって周囲の人たちが自分たち兄弟を見守ってくれているのだと思ったら。

「……ありがとうございます」

胸がいっぱいになって、素直に頭が下がった。

雅紀にそれを話すと。

「そりゃ、森川のおばさんもビックリ仰天だったろうな」

うっすら片頬《かたほお》で笑った。

「たぶん、しばらくはご近所の噂《うわさ》の的だろ」

「でも、こんな嬉しい噂ならぜんぜん苦にならないよ」

本音である。

「唯一明るいニュースがそれだけッつーのもなぁ」

冷然と切り返す雅紀であった。

裕太が祖父の葬儀に出席するために雅紀が運転する車に乗り込んだときには、家の前に張りついたマスコミばかりでなく近所の者たちは皆驚いていた。もちろん、篠宮の親族もだが。

裕太には裕太なりの引きこもりの理由があって、その頑なさにどう向き合えばいいのか……正直、途方に暮れた日々もあった。それを笑い話にできる日など、たぶん……永遠に来ないだろう。

けれど。解決すべき問題点は多々あるが、なにより、裕太がこれから先のことを真剣に考え始めたことが一番嬉しかった。

引きこもりからの脱却。

その手始めとしての第一歩が自転車で買い物に行くこと――だったのが予想外のサプライズであったことは否定しない。思いがけない嬉しい誤算……である。

雅紀も言っていたように、自分の人生は誰も肩代わりなどしてくれないのだから、どこで、どんな選択をするのもすべては自己責任。尚人は、今更のようにそれを強く意識しないではいられなかった。

《＊＊＊　存在意義　＊＊＊》

もしも人生をリセットできるのなら……。

それは、年代・性別に関係なく誰もが一度は思い描く幻想である。

もし、あのとき、違う選択をしていたら。

——たぶん。

今よりはマシな人間になれたはず。

——きっと。

今とは違う未来があったはず。

——おそらく。

なりたい自分になれたはず。

今とは違う、よりよい人生。

そんなものは、ただの錯覚である。単なる逃避である。——自虐《じぎゃく》である。現実は現実でしかないからだ。

たいがいの者は、すぐに夢から覚める。そんなことを考えるだけ時間の無駄であることを知っているからだ。だから、目の前にある場所――日常に立ち戻ることができる。

しかし。篠宮慶輔の悪夢は、いつまでたっても去らなかった。消えなかった。なくならなかった。

いや――今ある現実は、慶輔の現実ではなかった。十年分の記憶がごっそり欠落しているという事実を、慶輔はどうしても受け入れることができなかった。

病院のベッドで目を覚ます直前まで、慶輔には専業主婦の妻がいて、小学六年生の長男を筆頭に四人の子どもがいるごく普通の家庭の父親であった。

なのに。

目が覚めると、すべてを喪《うしな》っていた。仕事も、家庭も、身内も……。何もかも。

あり得ない。

――あり得ない。

――あり得ない。

呪文《じゅもん》のように唱えるしかない自分が、たとえようもなく惨《みじ》めだった。

衝撃で目の前が真っ暗になっても、奥歯が軋《きし》るほど呻《うめ》いても、心の底から否定しても、何も変わらなかった。

鏡の中にいるのは、ただのくたびれた冴《さ》えない顔をした中年親父だ。

不倫をして家族を捨て、借金で首が回らなくなり、実父に刺されて、挙げ句に脳卒中を起こして身体に麻痺《まひ》が残った。

――らしい。

それが、慶輔の現実だった。

どうにも納得できない。認めがたい。受け入れることができない――事実だった。

兄《明仁》が言っていることが真実なのかどうかも、わからない。なんの記憶もないのに、周囲から理不尽に拒絶されている。そうとしか思えなかった。

――なんで？

――どうして？

こんなことに？

歯《は》噛《が》みして、煩悶《はんもん》して。答えの出ない自問を繰り返す。

『どこで』

『何を』

『どんなふうに』

『間違えてしまったのか』

繰り返すことしかできない自分に苛立《いらだ》ち、焦り、懊悩《おうのう》する。

なぜ自分が、こんな目に遭わなければならないのか。

——わからなかった。

どうして、こんな仕打ちを受けなければならないのか。

——理解できなかった。

終《しま》いには悔しくて……泣けてきた。

無くしてしまった十年間の記憶。そう言われても、慶輔にとっては人並みに幸せだった昨日の続きでしかない。空白ではないのだ。

昨日までの自分と今日の自分はイコールなのだ。ひとつに繋《つな》がっているのだ。そこに、あやふやなモノは何ひとつない。

なのに、そのことを誰もわかってくれない。

手術後の経過も、リハビリも順調だった。

「よかったですね、篠宮さん。順調に回復していますよ。このままいけば、じきに退院できるでしょう」

主治医にはそう言われた。

ある意味、主治医だけが何も隠さずに事実を告げてくれる。信用できるのがそれだけという現実が、なんとも不快すぎた。

あとは、自宅での療養と通院《リハビリ》になる。それを告げられて、慶輔はようやくホッとした。これで、自宅に戻れる。そう思ったからだ。

子どもたちは誰一人としてただの一度も見舞いには来なかったが、退院して自宅療養が決まれば、子どもたちに会える。単純に、慶輔はそう思っていた。

慶輔にとって自宅とは、千束《ちづか》にある我が家だったからだ。真山千里《まやまちさと》と暮らしていたマンションに戻るという選択肢など欠片《かけら》も頭にはなかった。

明仁《あきひと》には。

——奈津子《なつこ》さんは五年前に亡くなった。自殺した。おまえが真山千里と不倫して家族を捨てたからだ。

そんなふうに責められても。

——おまえは覚えていないかもしれないが、周囲の人間は皆知っている。おまえが極悪非道のクソ親父だったことをだ。

決めつけられても。

慶輔には不倫をして家族を捨てたという記憶はないのだから、本音で話せば分かり合える。わだかまりもいつか消える。そう、思い込んでいた。

（とりあえず、退院の日取りとこれからのことを兄貴に相談しないと）

今の慶輔には、頼れる者と言えば明仁しかいない。

その明仁も、衝撃の事実を語ったっきり一度も姿を見せない。

そのとき、ベッドに投げつけられた本『ボーダー』はロッカーの引き出しの奥にある。そこに慶輔の真実が書かれてあると言うが、恐くて読んでいない。

辛《つら》くて厳しいリハビリを乗り越えられたのも、それを頑張れば家に帰れる。そう思ったからだ。

それがようやく実現する安堵《あんど》感に、慶輔はベッドの中でゆっくりと目を閉じた。

§§§§　　§§§§§　　§§§§§　　§§§§§

実父がスキャンダラスな事件を起こして以来、明仁の書道教室は生徒が激減し、今は閑古鳥《かんこどり》が啼《な》く日々である。

辞めていく生徒の中には。

――ゴメンね、先生。

涙ながらに別れを惜しんでくれる子もいれば。

――子どもをスキャンダルの餌食《えじき》のトバッチリにはしたくないので。

電話口で露骨に気色《けしき》ばむ親もいた。

スキャンダルの餌食……。否定できない事実である。

明仁は加害者の息子であり、同時に被害者の兄でもあるからだ。記者会見という場で顔出しをしたあとは、道を歩くだけで皆が後ろ指をさしているかのような妄想に駆られたこともある。

実際、視線が合ってあからさまにヒソヒソやられることも日常と化した。

自分は何も悪いことなどしていないのに……。込み上げる怒りの捌《は》け口《ぐち》は、いまだに見つからない。理不尽さだけがヒシヒシと身に沁《し》みた。

突き出されたマイクと炸裂《さくれつ》するカメラのフラッシュに慣れていない自分はただの一般人――ということを差し引いても、顔と名前を世間に曝《さら》すことで、ある日突然、自分が丸裸になってしまったような気がした。

裏を返せば。甥《おい》である雅紀がしつこくマスコミに追い回されても平然と対処できる剛胆さに、本音で頭が下がる思いがした。

どちらが大人だか……わからなくなる。情けないにもほどがあるような気がした。

事件以来、明仁の家にはマスコミが張りついていた。ただの取材というには物々しすぎてただでさえ近所迷惑の極みであるのに、中には見るからに不審げな風体《ふうてい》のフリーライターが書道教室の生徒である子どもに擦《す》り寄っていく様もたびたび目撃されていた。

そういうことが重なっただけではないだろうが、生徒も親も不安でたまらなくなって退会希望者が続出した。

それだけではない。例年、この時期、市民センターの多目的ホールを借り切って開催されている秋の書道展の参加も、主催者側から今年は見送って欲しいとの連絡が入った。

『こちらの都合で、まことに申し訳ありません』

担当者は平謝りだったが、明仁はその理由を問い質《ただ》す気も失せた。

しかたがない。

割り切るしかない。

自分だけの力ではどうにもならない現実である。

そうとでも思わなければ、実際、やりきれない。

家も土地も自分の物だから、家賃の心配はない。庭は家庭菜園を兼ねているので、新鮮な野菜には困らない。一人暮らしだから、書道教室の収入が無くなっても無駄遣いをしなければそれなりに生活はしていける。だから、特に悲観することはなかった。

そう、自分を納得させるしかないのだ。

家の前にしぶとく張りついていたマスコミ関係者も、質素な一人暮らしの明仁にこれ以上美味《おい》しい展開は望めないと判断したのか。最近では、ときおりそれらしき姿を見かけるだけになった。

それを確認して、明仁もようやく人心地がついた。

明仁が動けば、マスコミが追いかける。プライバシーをマスコミに視姦《しかん》されるという嫌悪感で、極力、明仁は日常生活に不必要なことはしないように心掛けた。

母親の秋穂《あきほ》の様子が気になって堂森の家には通ったが、末弟の智之《ともゆき》の家には行きたくても行けない状態だった。

智之の家の前にもマスコミ陣が集っていたからだ。そんなところに明仁が行ったら、はっきり言ってモミクチャだろう。また、あることないことを書かれるのがオチだ。

よけいなことは何もしないのが一番。

だから、智之のことは心配でしょうがなかったがあえて自粛した。その代わりに、携帯電話での連絡は欠かさなかったが。

特に。慶輔が入院している病院には近寄らないようにした。

自分にはもう、慶輔にしてやれることは何もない。慶輔のことは、真山千里がなんとかするだろう。

いや——なんとかしてもらわなければ、困る。それが、明仁の偽らざる本音であった。

その日。

いつものように。

訪れる者など一人もいないアトリエで書をしたためていたとき、作務衣《さむえ》の上着ポケットに入れてある携帯電話がバイブした。

着信表示は、見覚えのない携帯番号だった。

（……誰だ？）

わずかに目を眇《すが》めて、通話ボタンを押す。

「もしもし？」

『──兄貴？　俺、慶輔だけど』

わずかに嗄《しゃが》れた声は、確かに慶輔のものだった。

それでも。耳慣れないように聞こえるのは、それが、ここ数年で聞き慣れたエゴ丸出しで他人を見下したような横柄な口調ではなく、慶輔がまだ良き家庭人であった頃のそれに似ていたからだろう。

いや……。それすらもが幻聴なのかもしれない。そうであってほしいという都合のいい記憶のすり替えだろうか。

ふと、それを思い。明仁は気持ちを引き締めた。

「なんだ？」

努めて平静に返す。

『主治医から、このままいけば、じきに退院できそうだと言われた』

「──そうか」

だが。素直に『よかったな』とは言えない。手放しで喜べない。喪ったモノがあまりに大きすぎるからだ。それこそ、喪失感で腑抜《ふぬ》けている暇も余裕もないくらいに。

『退院したあとは、自宅療養と週一でのリハビリ通院になるそうだ』

退院しても日常生活に復帰するためにはまだ時間がかかるということだ。

リハビリの成果がどこまで出ているのか、明仁は知らない。後遺症である麻痺がリハビリで改善されたとしても、今までと同じようにはできないだろう。

拓也《たくや》に刺されても死ななかった悪運のツケを、慶輔はこれから払っていかなければならないのだ。

同情はしない。

自業自得だからだ。

本当に可哀相なのは、都合の悪い事実を忘れてしまった慶輔ではなく、拓也をあんな形で死なせてしまった自責の念で雁字搦《がんじがら》めになっている智之である。

『だから、その……退院の日取りが決まったらいろいろやることがあるだろうから、兄貴、頼めないかな』

「何を、だ?」

もしかして、入院費の心配をしているのだろうか。

それならば、なんの問題もないだろう。なにしろ、今や慶輔はハーフミリオン作家である。たぶん、一発屋《ビギナーズ・ラック》で終わってしまうだろうが。

大半が借金の返済に消えてしまったとしても、入院費くらいは楽に払えるはずだ。

千里の独占インタビューでの謝礼金《ギャラ》は、嘘か本当かは知らないが二百万円だったという噂もある。

その金額がどうのこうのというよりも、人の不幸で金を得ることになんの疑問も持たない女の厚顔無恥さには、本当に腹が立つ。

それは、借金返済のために暴露本を出版した慶輔と同じだ。

朱に交われば赤くなるのか。それとも、類は友を呼ぶのか。そういった意味では、実に破《わ》れ鍋《なべ》に綴《と》じ蓋《ぶた》の二人であった。

『当分、どこに行くにも車椅子《くるまいす》になりそうだから、退院までに玄関にスロープをつけるとか、ベッドもそれなりのモノに変えるとかだよ』

瞬間。明仁は、わずかに小首を傾げた。慶輔が何を言っているのかわからなかった。

『家に戻って生活するのに困らない程度のことは事前にやっておかないと、やっぱりマズイだろ？』

「そんなことは俺にじゃなくて、あの女に頼め」

明仁は、しごく当然のことを口にしたまでだが。

一瞬、ムッツリと黙り込んで。慶輔は言った。

『そんなことまで頼めないだろ。真山さんは赤の他人なんだから』

真山さん？

赤の他人？

明仁は思わず我が耳を疑った。千里のことを『運命の女』などと公言しておいて、今更、なんの冗談だと思った。

いや――確かに。真山千里は、無くしてしまった記憶の中にしか存在しない女だが。借金で首が回らなくなっても、悪女の極みと呼ばれて世間から猛烈にバッシングされても、千里は常に慶輔のそばにいた。二人の愛情は何があっても変わらない。まるで、それを世間に誇示するかのように。明仁たち親族からすれば、それは嫌悪と憤激にしかならなかったが。

慶輔があんなことになって、もしかしたら重荷になって今度こそ慶輔をポイ捨てにでもするのではないかと思っていたら、そうではないらしい。それがマスコミに対するポーズなのか、否か。明仁にはわからなかったが。

千里が毎日仕事帰りに病院に寄って入院中の慶輔を見舞っているらしいことは、本当のことらしい。それでも、その扱いがマスコミによって微妙に異なるのは、この先の展開がどう転ぶのか読めないからだろう。

だから。明仁的には、記憶はなくなっても二人の仲は親密なままだと思っていた。思い込んでいた。むしろ、なんの疑いもなく。

慶輔が脳卒中になって麻痺が残ったことは報道されても、十年分の記憶がごっそり抜けてしまったことは、まだどこにも漏《も》れてはいなかった。

それが公になったときの反動が、今から恐い。ただ煩《わずら》わしいのではなく、本当に恐いと思えてしまう明仁だった。

今は入院中だが、退院になったら、マスコミの報道合戦が過熱する。今はただ嵐の前の静けさにすぎない。慶輔の口から『退院』の一言が出て、明仁は嫌でもそれを実感せずにはいられなかった。

しかし。

まさか。

真山さんは赤の他人――そんな台詞《せりふ》を聞かされるとはまったく予想もしていなかった。

そして。ふと……思った。先ほどから慶輔が言っている『家』とは、いったいどこのことなのだろうかと。

(まさか……千束の家のことじゃないよな?)

それが頭を過《よ》ぎって、条件反射のごとく背筋に冷や汗をかいた。

「……慶輔」

『なんだよ?』

呼びかける声も、妙に嗄れた。

「おまえ――どこに帰るつもりなんだ?」

『どこって……。千束に決まってるだろ』

――瞬間。明仁は後頭部を強打されたような気がした。

「何、言ってるんだ、おまえ。千束の家に戻れるわけがないだろうッ」

声が上擦《うわず》り、いびつに捻《ねじ》れた。

『なんで？　俺の家だぞ』

なんの迷いもなく言い切った慶輔に、明仁は怒気を過ぎて殺意すら抱いた。

何を言ってるんだ、こいつは。

どういうつもりなんだ。こいつは。

どの口で、そんなバカげたことが言えるんだ。

本当に、どこまでこいつは身勝手なんだッ！

声にならない言葉が頭の中で乱反射する。

「あれはもう、おまえの家じゃない。おまえがあの女と不倫をして家族をボロクズのように捨てていった家だ。おまえがノコノコ帰れる場所じゃないッ」

明仁は感情にまかせて吐き捨てた。

『――だけど、俺の家だ』

「違う。おまえが家を出て七年間、子どもたちに一円も払わなかった養育費と慰謝料にも満たない代償だ。今更、おまえが戻れるわけがないだろ」

誰もが認めざるを得ない、単純明快な論理である。

『家の名義は俺だぞ。俺の家なのに帰れないなんて、おかしいだろ』

慶輔が、当然のことのように言い捨てる。

(その家の権利書を借金のカタに持ち出そうとして、おまえは、裕太にバットで殴られたんだよッ!)

喉まで出かかった罵声《ばせい》を、奥歯で嚙み殺す。

そんなことすら忘れてしまっている慶輔に一般常識という道理が通じるかどうかは、この際、問題ではない。

たとえ、慶輔が泣き落としの土下座をしても決して千束の家には帰れない。戻れない。雅紀も尚人も裕太も、絶対にそんなことは許さないだろう。それがわかりきっていた。

【俺たちの人生に、あいつはいらない。視界の中に入ってくることも許さない】

冷然とした口調以上に、雅紀の目は峻烈《しゅんれつ》だった。

覚えていない。

記憶にない。

それではとうてい済まされない現実がある。やってしまったことは絶対に、なかったことにはできないのだ。

そのことを、慶輔はもっと深刻に受け止めるべきなのだ。そうしたら、千束の家に帰りたいなどとは絶対に口にできないはずなのだ。

なのに。

『最低最悪なクソ親父だったとしても、俺には、自分の家に帰る権利がある』

そんなことを言い出す慶輔の神経が、わからない。

『…ていうか、記憶の欠片もないことで、俺ばっかり責めるなよ。何も覚えてないのに、兄貴はこれ以上、俺にどうしろって言うんだよ。俺はもう、まともに歩くこともできないんだぞ。家族だろ？　頼むから、もっと親身になってくれよ』

声を詰まらせて、慶輔が訴えかける。

だが。明仁の胸には響かない。

何も変わっていない。人間の本質は、記憶を失っても変わらない。そのことを、明仁は痛感せずにはいられなかった。

こいつは本当に自分のことしか考えていないのだと思うと、明仁は妙に醒《さ》めていく自分を意識しないではいられなかった。

（おまえは、どこまで子どもたちを苦しめれば気が済むんだ？）

今更のように、思う。

どの面を下げて、千束の家に帰りたいなどと言えるのだ。そんなことを口にすることさえ許されない立場だというのに。

【俺たちにとって、あの男は不要のゴミですから。記憶がなくなったからって、今更、親子の情なんてケタクソ悪いものを持ち出されても困ります】

雅紀の言葉が思い出されて、下腹が冷える。

「あの家は、もうおまえの家じゃない。おまえが千束の家に戻ることなんて、誰も望まない。おまえが捨てた子どもたちが、それを許さない。……俺も。死んだ親父もだ」

携帯電話の向こうで、慶輔が息を呑《の》む気配がした。

「慶輔。おまえが帰れるのは、あの女と暮らしていた家だけだ。おまえの居場所はそこにしかないってことを、ちゃんと自覚しろ」

静かに宣告して、明仁は通話を切った。

§§§§　§§§§　§§§§　§§§§

ツー、ツー、ツー、ツー…………。

鼓膜を突き破って、脳裏に不快なノイズが走る。

(家に、戻れない？　俺の家なのに？)

明仁に拒絶された事実が、受け入れがたい。

——おまえにはもう、支えてくれる家族はいない。

明仁は言った。慶輔が自分勝手にすべてをぶち壊したからだと。

覚えてもいないことを、クドクドと詰《なじ》られる。

記憶にないことを、ネチネチと責められる。

おまえが悪いと、糾弾《きゅうだん》される。

自業自得だからと――拒絶される。

このまま永遠に、家族からも身内からも見捨てられるのだろうか。自分は、何ひとつ覚えてもいないというのに。

(そんな理不尽が許されるのか？)

それを思い、慶輔はしばし呆然《ぼうぜん》と天井を睨《にら》んだ。

§§§§　§§§§　§§§§　§§§§

妹の瑞希《みずき》が入所している療養センターの窓口で今月分の入院費を納めて、千里はひとつため息を落とした。

入院費ならばどこの銀行のＡＴＭからでも振り込みはできるが、千里は瑞希の様子を確認したくて療養所を訪れる。

あんな事件が起きる前までは、毎週欠かさず通っていたが。今は、それもままならない。慶輔の病状が病状だからだ。

瑞希も慶輔も、千里にとってはどちらも大切だが。二人を両天秤《りょうてんびん》にかけたら、今はどうしても慶輔に傾いてしまう。

けれど。昏睡《こんすい》から醒めた慶輔は、まったくの別人になっていた。

千里とのことは、何も覚えていない。脳卒中の後遺症でほぼ十年分の記憶がごっそり抜けているのだと知らされたときには、衝撃で胸が潰れそうだった。

いつでも愛情のこもった眼差しで『千里』と呼びかけてくれた慶輔は、もういない。最愛の人は、千里のことを他人行儀な硬い口調で『真山さん』と呼ぶ。

——頑張って。

——負けないで。

——大丈夫だから。

労《いたわ》りを込めて手を握ることすら、拒まれる。

それを目の当たりにするのは、辛い。悲しい。なにより……悔しい。

借金も無事返済できて、これからという矢先に自分と慶輔の将来を一瞬にして握り潰してしまった拓也の愚かしい行為が——心底憎い。

だが。どんなに辛くても、悲しくても、踏みつけにされたとしても。それを乗り越えていかなければ希望の明日は来ない。

自分たち姉妹は、そうやって生きてきた。

頑張って、負けないで、一生懸命やってきたからこそ千里は慶輔に出会えた。本当に、幸せだった。

その慶輔の記憶の中から自分の存在がすべて消え去ってしまった。そのショックは計り知れない。

事件が報道されたとき、世間は、肉親からも見捨てられてしまった慶輔のことが重荷になって千里との関係にも深刻なヒビが入ると噂した。事実婚が崩壊してしまうのも時間の問題――つまりは、千里が慶輔を見限ってしまうだろうと。

本当に、彼らは何もわかっていない。千里と慶輔の絆《きずな》は、そんなことで簡単に壊れたりはしない。

世間がどんなに無理解で、自分たちのことを誹謗中傷《ひぼうちゅうしょう》しようと構わない。けれど、自分たちは――負けない。強い絆と愛情で結ばれているのだから。だから、何があっても、どんな逆境でも乗り切ってみせる。

その自覚と覚悟が、千里にはあった。当然のことだ。運命の相手に出会うことができるのは、一握りの選ばれた者たちだけだからだ。

慶輔とともに積み重ねてきた日々は喪われてしまったが、なくしたモノはこれからまた二人で築き上げていけばいい。そう思った。それができると、信じていた。

なぜなら。千里が慶輔と出会ったとき、すでに、慶輔の心に家族への愛情はなかったからだ。

慶輔の記憶が十年分飛んでいるというのなら、二人の出会いまで一年ほどの誤差しかない。

世間は、まるで千里が慶輔の家庭を壊した最低最悪の悪女のように言うが。それは違う。絶対に、違う。

慶輔と妻の間は冷え切っており、愛情の欠片もなかったのだから。『ボーダー』でも、慶輔はそう書いている。千里と出会うのが遅すぎただけなのだと。千里と出会って、真実の愛を知ったのだと。

しかし。何をどう言っても、誰も信じてくれない。

——義姉《ねえ》さんが亡くなっているんだから、そりゃあ、好き勝手になんでも言いたい放題だよな。こんなにアバズレとの不倫を正当化するために真実の恋……なんて、ちゃんちゃらおかしくてバカ丸出しだけどな。

いみじくも、慶輔の弟が言っていたように。

だから。今度こそ、ちゃんと証明してみせる。慶輔と自分は、出会うべくして出会ったのだと。

喪われた十年分の記憶、そこに、千里は存在しない。けれど、それから一年を過ぎる頃に二人は運命的な出会いをする。

運命の相手と出会って、真実の愛を知る。それが、事実なのだ。

だったら。その出会いが実際より一年ほど早く繰り上がろうが、別になんの問題もない。慶輔と千里は、特別な絆で結ばれているのだから。

千里と出会って、慶輔の家庭が崩壊したのではない。妻と子ども——家族が足手まといになっていたからこそ、慶輔は千里に癒《いや》しを求めた。

ならば、今の慶輔はちょうど家族を疎ましく思い始めている時期だろう。

二人は、もう一度出会って——恋をするのだ。そして、真実の愛を得る。

突き詰めて言ってしまえば、そういうことなのだ。

(だって、今の慶輔さんを支えてあげられるのはあたししかいないんだもの)

そう。慶輔の記憶が失われても、自分たちのストーリーは不変なのだ。

何も畏《おそ》れる必要はない。誰が何を言おうと、自分の信じる道を歩いていけばいいのだ。それを思い、千里は顔を上げ胸を張って瑞希の病室へと急いだ。

§§§§　　§§§§　　§§§§　　§§§§

「ゴメンね、瑞希。遅くなっちゃって」

ドアを開けて入ってきた姉の千里《ちさと》の口調は、いつもと変わりなかった。

だが、久々に見るその顔は、なんだか少しやつれているように見えた。

(お姉ちゃん、ちょっと痩《や》せた?)

気にならないはずがない。

ここにいれば外の煩わしさは気にならないが、テレビをつければ、世間が今どんなことで盛り上がっているのかはわかる。

【篠宮慶輔氏、実父に刺されて重傷。実父、拓也氏も脳卒中で倒れて病院に搬送されたもよう】

【篠宮拓也、死亡。慶輔氏、手術中に脳出血し、いまだ重篤《じゅうとく》】

【篠宮拓也氏、葬儀。『MASAKI』さんたち四兄妹弟《きょうだい》、葬儀に出席】

【慶輔氏の愛人、独占インタビュー。あの日、ホテルの一室で何が起きたのか。Mさん、その真相を激白】

【慶輔氏の悪運尽きず。脳卒中からの生還】

【慶輔氏、脳卒中の後遺症で半身麻痺か? どうなる、暴露本の第二弾】

【篠宮四兄妹弟、慶輔氏を完全黙殺。いまだ、見舞いなし】

テレビで翔南《しょうなん》高校の制服が目に入ったとき、思わずドキリとした。顔はモザイクがかかっていたが、それだけでも心臓がキリキリと痛んだ。

「今週も来ないのかと思った」

ベッドにもたれたまま瑞希がボソリと漏らすと。

「どうして？　ちゃんと来るわよ。約束したでしょ？」

「……うん。だけど、お姉ちゃん、忙しそうだから」

束の間、千里は言葉に詰まって。

「瑞希はなんにも心配しなくていいのよ？」

ことさら明るく言った。

（そんな作り笑いしたって無駄なのに）

平気なはずがない。

慶輔が死ななかったせいで、世間のバッシングは激しさを増している。千里の気苦労が絶えないのに決まっているのだ。

（お姉ちゃん、どうして？）

どうして、千里は慶輔と別れてしまわないのだろう。慶輔といるから、千里まで誹謗中傷されてしまうのに。

（なんで、そんなに頑張れるの？）

千里のお荷物なのは、自分も同じだ。

姉を罵倒して、勝手に家を飛び出して、挙げ句の果てに身体を壊して、今……ここにいる。

なのに、千里は何も聞かない。

何も、咎《とが》めない。

それが、かえって……心苦しい。

尚人のように、言葉にして責められた方がまだしもマシ……とは言えないが。それでも、真綿でくるまれた優しさは息苦しくてならない。

なのに、千里に見捨てられるのが——怖い。そのジレンマで、ときおり胃がキリキリと痛んだ。

無力な自分。

自分勝手な自分。

この先、自分がどうなるのかさえわからない。

何も知らなかった頃には戻れないのに、人生のリセットボタンがあるなら……と思わずにはいられない。

そんなモノはないに決まっているのに、あればいいと身勝手な夢を見る。そんな自分の醜悪さが……たまらなく嫌だった。

「あの人……どう？」

「大丈夫。もうじき退院できそうなの」

「でも、後遺症が残ってるんでしょ？」

「リハビリ、頑張ってるから」

「退院したら……また一緒に暮らすの？」

「そうよ」

なんのためらいもなく即答する千里に、瑞希は、喉奥から酸っぱいモノが込み上げるのを意識しないではいられない。

「慶輔さんは、あたしの最愛の人だから」

（……知ってる）

だが。瑞希には無理だ。

（そんなの――無理）

慶輔と同じ屋根の下で、何事もなかったかのような顔で暮らすなんて――できるはずがない。

絶対に、無理。

そしたら、千里は、自分と慶輔のどちらを選ぶのだろう。

それを問い質《ただ》したい衝動に駆られながら、瑞希は奥歯で嚙み砕く。その答えを聞くのがただ……無性に怖くて。

《＊＊＊　追憶　＊＊＊》

千束市、篠宮家。

いつものように定時下校してきた尚人が、これから夕飯の準備に取りかかろうとエプロンに手をかけたとき。テーブルの上に置いた携帯電話メールの着信メロディーが鳴った。

(まーちゃんだ)

条件反射で、つい笑みがこぼれた。メールボックスを開いてみると。

『スケジュールが押して、帰宅は午後十時過ぎになりそう。ゴメン。晩飯はこっちで食って帰るから』

ちょっと——ガッカリ。

このところ雅紀は、超多忙で帰りは深夜になることが多い。今日は久しぶりに早く帰れそうだと言っていたので、料理も腕の振るいどころがあると思っていたのだが……。それを口にしたら、絶対に裕太が、

『ナオちゃん、エコヒイキしすぎ』

口を尖らせるに違いないが。

雅紀がいない食卓は、ボリュームが半減するのも事実である。雅紀がいないと食欲が出ないのではなく、尚人と裕太だけでは単純に食べる量が限られてしまうので。

学校に持っていく弁当も、桜坂《おうさか》にはいまだに『ダイエット弁当』などと言われてしまうが。桜坂の特盛り弁当と比較されてもなぁ……と思う尚人であった。

しかし。このところ自転車を活用してスーパーだけではなく、天気がよければ尚人が作った弁当をもってどこかに出かけているらしい裕太の食欲増加傾向は嬉しい。量は少なくても、品数は多く。料理のメニューを考えるのも、以前よりはずっと楽しくなった。

「よっし。頑張るぞぉ」

雅紀の分はなくなってしまったが、やはり、夕食の手は抜けない尚人であった。

そうして、いつものように。あまり会話もなく、裕太と静かに夕食を食べていると。いきなり、家の電話が鳴った。

——が、すぐに留守電モードに切り替わる。

家にいてもいなくても、固定電話はずっと留守電モードである。本当に返事が必要なことだけ、あとでチェックするようにしている。

——と。

『こんばんは、尚君。零《れい》です』

いつものように聞き流しにするつもりで目もくれなかった電話のスピーカーからもれてきた声に。

(――え？　ウソ……)

尚人は思わず固まった。

『いきなり電話して、ゴメン。え……と、もし時間があったら、何時でもいいんで、俺の携帯にかけ直してくれる？　番号は……』

口の中のものを一気に飲み込むと、尚人は電話台までダッシュして慌てて受話器を掴《つか》んだ。

「もしもし？　零君？」

一瞬の間があって。

『あ……尚君？』

「そう。ゴメンね。ウチの電話、いつも留守電モードにしてあるから」

『……そうなんだ？』

「うん。まぁ、いろいろうるさいから」

受話器の向こうで、零がひっそりと息をついた。

『ウチは、ずっと電話切ってる』

それだけで、どういう状況なのか――互いに相通ずるものがあった。

しばしの沈黙が……重い。

「……で？　どうしたの？」

いきなり突然、零から電話がかかってくるなんて思いもしなかった。

『あのさ。ちょっと、尚君に相談したいことがあって』

「俺に？」

『そう』

「雅紀兄さんに、じゃなく？」

すると。零が小さく噴いた。

『メチャクチャ忙しそうな雅紀さんに相談持ちかける根性ないよ、俺』

言われてみれば、その通りだが。

今だって、下手をすれば月の半分以上は家にいないことのほうが多い。雅紀の本業はあくまでモデルだが、このところは別口のオファーも次々に舞い込んでいるらしい。

千束の家から仕事場に通う時間と手間を考えたら、いっそ都内に引っ越したほうが早い。それは、ずいぶん前からマネージャーの市川《いちかわ》に言われ続けていることでもある。

雅紀、曰《いわ》く。

——ジレンマだよなぁ。真っ白なスケジュール帳は怖いけど、予定で真っ黒になったらナオの手料理を食えなくなるどころかセックスする暇もなくなっちまうし。

ただのジョークではなく、本音でそう思っているらしい。

——食欲と性欲。同時に満たしてくれるのは、ナオだけだから。

耳元でそんなことを囁《ささや》かれたら、尚人は何も言えずに真っ赤になるだけだった。

「ホントに、俺でいいの？」

『尚君がいいんだよ』

そう言われても、イマイチどころかまったく自信はないのだが。

『それで、電話だと長くなりそうなんで、尚君の都合のいい日に会えないかな？』

（そんな深刻な話？）

だとしたら、本当に自分なんかでいいのだろうかと。受話器を握りしめたまま、つい身構えてしまう尚人であった。

『……どうかな？』

「えーと、今すぐにこの日って約束できないから、あとでまたかけ直していい？」

『うん。俺は尚君の都合に合わせるから。携帯番号、もう一度言おうか？』

「大丈夫。ちゃんと表示されてるから。あとで、携帯に登録しておく」

『あ……じゃあ、さ。尚君の携帯番号も教えて』

「いいよ」

尚人がスラスラと番号を口にすると、

『ありがとう。こっちも登録しておく』

「うん」

『じゃあ、連絡待ってるから』

「わかった。じゃあね」

受話器を置くと、知らず、ため息が漏れた。

(相談って……なんだろう)

小首を傾《かし》げながらテーブルに戻る。すごく——気になる。

「今のって、あれだろ?　智之叔父さんとこの息子」

「そう、兄ちゃんのほう」

尚人は食べかけだった肉じゃがをパクリと口に放り込んだ。

裕太は、祖父の葬儀で久々に再会した従兄弟《いとこ》の顔を思い浮かべた。

(ナオちゃんと同じような体型してたのが兄ちゃんで、やたらデカイのが弟だったよな)

兄が『零』で、弟が『瑛《あきら》』だ。弟よりも兄貴の印象が強かったのは、自販機コーナーから出てきた零がやたらキツイ顔つきで瑛を外に連れ出したからだ。

尚人は『なんでもない』と言ったが、先に出てきた瑛のふて腐れた表情と、あとから出てきた零の顔つきを見れば、『何かあった』のは一目瞭然《りょうぜん》だった。どうせ、瑛が何か嫌味なことを言ったに違いない。

そう断言できるくらいには、自分たち兄弟を見る篠宮の親族たちの目つきはあからさまだった。

だが。尚人が何もなかったことにすると決めたのなら、別に、それでよかった。雅紀もあえて、そこらへんを蒸し返そうとはしなかったし。

顔も名前もロクに覚えていなかった従兄弟とは、たぶん、あの場限りで二度と会うこともないだろうと思った。雅紀もそう思ったからこそ、深く詮索《せんさく》をしなかったに違いないのだから。

なのに。

——どういうこと?

なんで。

——いきなり電話なんかかけてくるわけ?

それも、尚人を名指しで。

——おかしいだろ?

裕太は眉根《まゆね》を寄せて、尚人を見やる。

「あいつ……なんだって?」

「ん? なんか相談したいことがあるみたい」

「はぁ? なにを?」

「や……それは、わかんないけど」

「——で？」

「とりあえず、会ってみようかなって」

「ンで、ほいほい携帯番号まで教えちゃったわけ？」

それは、いかがなものか。

(ナオちゃん、危機管理なさすぎ)

本音で思う。

「ほいほいって……。零君は従兄弟だし」

「従兄弟つったって、十年近くも音信不通だったわけじゃん」

……たぶん。最後に会ったのがいつだったか、はっきり覚えているわけではないが。

だから。記憶にも残らないほど大昔だったということだろう。

「なら、他人も同然じゃん」

きっぱり、はっきり、断言する。

「それは、そうだけど」

わずかに、尚人は言い淀《よど》む。

「あいつがどういうつもりで電話してきたのか知らないけど。ナオちゃん、よけいなことに首突っ込むなよ？」

ジロリと睨まれて。

「わかってるってば」

尚人はどんよりと息を吐いた。

§§§§　§§§§　§§§§　§§§§

深夜。予定よりもずいぶん遅れて、雅紀は家に戻ってきた。

灯りが落ちてひっそり静まり返った家に戻ってくるのは、本当に味気ない。それでも、我が家に帰れば尚人がいる。それを思うと、仕事の疲れも愚痴《ぐち》もチャラにできた。

玄関から尚人の部屋に直行する。

「ただいまぁ」

ノックもせずにドアを開けると。

「お帰りなさい」

いつものように勉強中だったらしい尚人が椅子に座ったままニコリと振り返った。

（んー……。やっぱ、和むなぁ）

思わず、口の端が綻《ほころ》ぶ。そのまま歩み寄って、尚人の髪をクシャリと撫《な》でる。

ついでに、頭にひとつキスを落とすと。嗅《か》ぎ慣れたシャンプーの匂《にお》いがした。

（……そそるよなぁ）

予定していた晩飯を食いっぱぐれた不満があるから、よけいに。

（このまま、食っちまおうかな）

みっともなくガッついているわけではないが。尚人を前にすると、性欲のスイッチはいつでもすぐに入る。

（ナオは明日も学校だから、最後までするのはさすがにマズイだろうけど）

それくらいのセーブはできる。尚人を弄《いじ》くり回して甘く泣かせるのは、雅紀の得意中の得意である。

思わず口の端を吊《つ》り上げて。雅紀は尚人の顎《あご》を摑んで上を向かせると、素早くキスを掠《かす》め取った。

とたん。尚人が固まる。

だが。口角を変えて舌で歯列をまさぐると、尚人の強ばりもすぐに解けた。

（おまえは、ホントにキスが好きだよな）

それも、とびきり甘くて優しいのが好きなのだ。

舌を搦《から》めて吸ってやると、尚人がわずかに身じろいだ。

ドキドキと、尚人の鼓動が逸《はや》ってくるのがわかる。

次に、何を期待しているのか——わかる。

だから。雅紀はちょっとだけ焦《じ》らすつもりで唇を外し。

「何も変わりはなかったか？」

耳元で囁いた。

「……うん」

掠れた声で、尚人が漏らす。紅潮した耳たぶを甘咬《あまが》みしてやると、くすぐったげにちょっとだけ首を竦《すく》め。

「あ……零君から電話があった」

いきなり、言い添えた。

まるで思いもしない一言に、甘い気分も消し飛んだ。

「零君？　なんの用で？」

わずかに、雅紀が目を瞠《みは》る。

「なんか相談事があるみたい」

妙にうるうるになった目で、尚人が言った。

「……って、俺に？」

「じゃなくて、俺に」

とたん。雅紀の眉がしんなりと寄った。

「零君が、ナオに？」

「うん。なんで俺なのかなって思ったけど」

「なんの相談？」

「わかんない。電話じゃなくて会って話したいっていうから」

それは、聞き捨てにできない。

雅紀は、そのままベッドの端にどっかりと腰を据《す》えた。

「そんな深刻そうな話？」

「やっぱり、まーちゃんもそう思う？」

上目遣いに尚人が問う。

「そりゃ、まぁな」

雅紀的には、話の内容よりも零が尚人に電話をかけてきたという時点で、

(それって、どうよ？)

——だったが。

「で、会う約束しちゃったのか？」

「いきなりだったから、あとでまた連絡するって言っといた」

「でも、会うんだ？」

「……ダメ？」

ちょっぴり不安げに、尚人が目を細める。

「とは、言わないけど」

「裕太にも言われちゃった」

「何を?」

「従兄弟っていっても、十年も音信不通だったら赤の他人も同然なんだから、よけいなことに首突っ込むなって」

内心、雅紀は軽く唸《うな》る。まったくもって、その通りだったからだ。

(ナイスなツッコミだよな)

「まーちゃんも、そう思ってる?」

「ナオは、どう思ってるんだ?」

質問に質問で返すのはどうかと思ったが、そこのところだけはきっちりとさせておきたかった。

「俺は……。何年も会ってなくても、従兄弟は従兄弟だって思ってるだけ。瑛君とはそうでもなかったけど、零君とはけっこう仲がよかったし」

それで、ふと思い出す。

(そういや、夏に堂森に帰省すると、いつも二人でくっついてたよな)

歳が近いということもあってか、尚人は零と、裕太は瑛と。裕太と瑛は末っ子同士ということともあってか、当時はまだ幼稚園児だったにもかかわらず常にライバル意識を剝《む》き出しにして張り合っていたが、尚人と零のコンビは単純に仲がよかった。

——と、いうより。あの頃の零はすぐに熱を出す虚弱児というイメージが強くて、元気いっぱいでヤンチャすぎる瑛に比べると、どうしても影が薄かった。

だが。今でもはっきりと覚えていることがある。

あれは——雅紀が小学六年生の夏休み。尚人と零が晩飯時になっても家に戻ってこなくて、大騒ぎになったことがあった。

二人で裏山に鳥のヒナを見に行って、木に登ったまま下りられなくなり、病み上がりだった零はそれで熱中症になって病院に担ぎ込まれたのだった。

本当に、あのときは、尚人が戻ってくるまでは心配で不安でどうしようもなかった。そのあと、例によって祖父が大爆発してしまい、別の意味でものすごく後味の悪い夜になってしまった。

思えば、その年の夏休みを最後にして零たちとの交流もなくなってしまった。

それが、祖父の葬儀で久々に再会した。

零たち兄弟はすっかり面変わりをしていた。すぐに、そうとは気付かないほどに。それは、雅紀たち兄弟にも言えたことだろうが。

特に、懐かしく思うこともなかった。だから、旧交を温めようという気にもなれなかった。

視界の端に留めておくだけで、直接言葉を交わすこともなかった。

従兄弟とはいっても、ただ言葉だけの存在だった。

それで、なんの不都合もなかった。

だから、火葬場のロビーで時間待ちをしているとき、零たち兄弟と尚人との間に何か一悶《ひともん》着《ちゃく》あったとしても、見て見ない振りができた。

今日のことはこの場限りのこと。この先、彼らが自分たちの視界に入ってくることはない。そう思っていたからだ。

しかし。さすがに、この展開は予想外であった。

なぜ？

今更、零が関わってくるのか。

(相談って、何？)

祖父の葬儀に出て、それで一応のケジメはつけたことだし、これ以上、篠宮の親族とは変に関わりたくないというのが雅紀の本音だった。

不本意というより、はっきり言って不快だった。

「零君が俺になんの相談をしたがっているのかわかんないけど、会うだけ会ってみようかなって」

たぶん、そう言うだろうとは思っていた。

それが、尚人だからだ。頭ごなしに駄目などとは言えない。

「ナオがそうしたいっていうんなら、すればいいんじゃないか?」

物わかりのいい兄貴の振りをして、口にする。

「うん」

「でも、零君とどういう話をしたか、あとでちゃんと聞かせてほしいかな。……ていうか、いくら零君が相手でも安請け合いだけはするなよ?」

そこだけはきっちりと念を押しておく。尚人を信用していないわけではない。ただ無理をしてほしくないだけだ。

「……わかった」

真剣に頷《うなず》く尚人だった。

(あー……なんか、一気に気が削がれちまった)

内心、どっぷりとため息をつかずにはいられない雅紀であった。

§§§§　§§§§　§§§§　§§§§

翌日。

最近のスケジュール疲れからか、昼近くまで爆睡してしまった雅紀が喉の渇きを覚えて二階の自室からダイニング・キッチンに降りてくると。いつもの定位置に座って尚人が作り置きしておいた昼弁当を食べていた裕太が、

「雅紀にーちゃん、遅い」

ブスリと口を尖らせた。

寝起きに文句を言われて、気分がいいはずもなく。とりあえず、ジロリと横目で睨み。雅紀は冷蔵庫から五百ミリリットルのミネラルウォーターのペットボトルを取り出して、一気に飲み干した。

乾いた身体に冷たさが染み渡る。それでようやく目が覚めたような気がした。

ダイニングテーブルには、ちゃんと雅紀の分の弁当もある。そういうところは、本当に尚人はマメである。

――だって、どうせ昼は俺も弁当だし。ひとつがみっつになっても作る手間は同じだから。

しかも、レンジでチンするだけの冷凍食品はひとつも入っていない。尚人特製のこだわり弁当である。

ちょうど腹も減っていたので、雅紀はありがたくいただくことにした。

鍋の中の味噌汁《みそしる》は裕太が温め直したばかりなのか、まだ充分に温かい。それをお椀に入れて

椅子に座り、一口味噌汁を啜《すす》ってから、ようやく雅紀は裕太を見やった。

「――で？　何？」

尚人がいないときの雅紀の態度には慣れきっている裕太は、

(雅紀にーちゃんって、ホント、あからさまだよな)

それを思っても、今更癇癪《かんしゃく》を起こしたりしない。

「ナオちゃんから、聞いた？」

「零君の話だろ」

「どうなってるわけ？」

「それを、俺に聞かれてもな」

本音である。まさに、寝耳に水もいいところなのだから。

「向こうが指名してきたのが雅紀にーちゃんなら、おれだって、別になんとも思わないけどさぁ。なんでナオちゃん？」

「そりゃあ、零君にしてみればナオのほうが話しやすいからだろ。おまえは覚えてないかもしれないけど、あの二人、堂森に帰省したときにはけっこうベッタリだったからな」

「え？　そうだっけ？」

パチクリと目を瞠って、束の間、裕太は思案顔になる。

記憶にない。

覚えてない。

引きこもり中は別のことで頭がいっぱいだったせいか、堂森に帰省していた頃のことは曖昧《あいまい》な記憶しかない。

「そうだったんだよ」

あの頃の零は、もしかしたら弟の瑛よりも尚人と親密だったかもしれない。雅紀も、昨日、尚人に言われて昔のことをあれこれ思い出したばかりだ。日頃は記憶の底に埋もれていたような些細《ささい》なことまで。

だから、零が尚人を指名した理由はそれなりに納得できた。それと不快感とはまったくの別物であったが。

「ンじゃあ、雅紀にーちゃん的にはOKなわけ?」

裕太の顔には、デカデカと『不満です』と書いてある。

「ナオがそうしたいっていうんだから、しょうがないだろ」

——ホントに?

裕太が視線で問いかける。

「おまえは、何が気に入らないわけ?」

雅紀が起きてくるのを待ち構えていたように質問攻めにするのは、つまり、そういうことだろう。

裕太はしばし雅紀を睨んで、口を開いた。

「おれは、野上《のがみ》のときの二の舞になるんじゃないかって、ちょっと心配なだけ」

雅紀は笑えなかった。なぜなら、頭の隅で雅紀もそれを危惧《きぐ》していたからだ。

ただの杞憂《きゆう》ではなく、明確な危惧だ。それが自分だけではなく裕太にもあるのだとすれば、笑い飛ばすことなどできない。

「ナオちゃんの基本は、ギブ・アンド・テイクじゃないところのお節介だから。ンでもって、やってる本人はけっこう無自覚っていうか、人の弱ってるところとか自分じゃ目を背けてる痛いとことか、そういうところに黙って手を当ててくれるようなとこ……あるだろ？　それってさぁ、一番タチが悪くねー？」

もしかしなくても、それは裕太の実体験だったりするのだろうが。そういう見返りを求めない無欲の癒しを知ってしまったら、優しさを知ってしまったら、もう——手放せなくなる。

雅紀、しかり。

裕太、しかり。

理屈ではないのだ。ある意味、中毒症《ジャンキー》みたいなものだ。

野上など、その最たるものだろう。尚人と同じトラウマを抱えた暴行事件の被害者だったからこそ、よけいにズッポリ嵌《はま》ってしまったに違いない。

「でも、そういうナオちゃんのお節介をタダ食いしていいのは、おれと雅紀にーちゃんだけだから」

怖いほど真剣な目で、裕太がきっぱりと言い切る。

それって、エゴ丸出し——だが。雅紀に異論があるはずもない。

「いくら従兄弟だからって、十年も音信不通だったのに、なんだよ、いきなり……って感じでムカつく」

裕太にしてみれば、尚人の無償の好意を食い潰そうとした野上も、従兄弟というだけで十年間のブランクを飛び越えようとする零も横一線……なのだろう。

「ナオにしてみれば、昔は仲がよかったっていう記憶の刷り込みがあるからな」

「なら、野上よりもよけいにタチが悪いってことだろ」

「それは、なんの相談かによるけどな」

頼まれたら嫌と言えない優柔不断とも、人によく見られたいという八方美人とも違う。尚人の心には、揺らがない芯《しん》がある。

知っている。

わかっている。

それでも。まったくの無警戒だっただけに、いきなり急接近してきた零のことは、雅紀にとっても裕太にとっても、それが予想外の闖入者《ちんにゅうしゃ》であることだけは確かなことだった。

《＊＊＊　埋まらない亀裂　＊＊＊》

「慶輔《けいすけ》さん。調子はどう？」

毎日、面会時間ギリギリにやってくる千里《ちさと》に。慶輔は、内心うんざりと目をやった。

——あなたも忙しいだろうから、毎日来る必要はないです。

本音で口にしたら。

——やだ、慶輔さんたら。遠慮なんてしないで。

口の端で笑われた。

遠慮なんかしていない。心苦しいのは本当だが。それは、見たくもない顔を毎日見なければならないという苦々しさである。

しかし。それを口にするのは、なぜか……ためらわれた。

——あたしが来たいの。毎日、こうやって慶輔さんの顔を見て、今日も何事もなく無事なことを確認しないと不安なのよ。だから、いいでしょ？

そんなことを言われたら、何も言えなくなる。

——何か食べたい物でもある？　リンゴでも剝《む》きましょうか？

千里の口調が、態度が、馴《な》れ馴《な》れしさの中にも嘘のない思いやりと労《いたわ》りに満ちているのがわかる。なのに、それを疎ましいと思う自分がいる。

この女のせいで自分が家族を捨てたという事実が、どうにも受け入れがたいからだ。

だから、いまだに聞けずにいる。

あなたと自分は、本当に不倫をしていたのか？　——と。

明仁《あきひと》にははっきりと告げられたのに、千里に直接答えを聞くのが怖い。聞いてしまったら、認めてしまったら、それが慶輔の現実になってしまうからだ。

今更、そんな些末《さまつ》なことにこだわってもしょうがない。皆はそう言うかもしれないが、慶輔にはそこがリアルな限界点だった。

「洗濯したパジャマ、持ってきたから。今、着替える？」

「……いや」

「そう」

千里は決して無理強いをしない。

「じゃあ、明日着替えておいてね？」

ただ待っている。慶輔が自分から歩み寄ってくるのを。

今までは……そうだった。

しかし。

「高岡《たかおか》先生から、退院の話を聞いたわ」

一瞬、ドキリとした。

「慶輔さんがいつ帰ってきてもいいように、そろそろ準備しないとね。床は転倒防止用のマットを敷いて、ベッドは電動リクライニングのものをレンタルしようと思ってるの。どうかしら?」

千里の口ぶりでは、慶輔がほかの可能性を考えていることなど露ほども疑っている様子はなかった。

慶輔は自分の家……千束《ちづか》の家に戻りたいと思っていた。そのために明仁に協力してくれと頼んだが拒否された。ただ断られたのではなく、千束の家に戻る権利も資格もないと強い口調で拒絶された。

そこまで、自分は子どもたちに酷《ひど》い仕打ちをしたのか?

思わず、顔面から血が引く思いがした。

信じられなかった。

認めたくなかった。

明仁が言った言葉を受け入れることができなかった。

だが。

――それでも。

慶輔は我が家に戻りたかった。そこにしか、自分の居場所はない。そう思っていたのに、明仁には、それだけは絶対に許さない――とまで言われてしまった。

愕然《がくぜん》とした。

――絶句した。

なのに。千里までもが、慶輔の帰るべき家は二人で暮らしていたらしい家だと思っている。その家がどこにあるのかも、どんな家なのかも知らない。自分には帰る家さえ選べないのかと思ったら、とたんにキリキリと胃が痛んだ。

§§§§　§§§§　§§§§　§§§§

日課である午前中のリハビリが終わり、昼食を摂ったあと。慶輔は、外出許可をもらって介護士の付き添いの元、車椅子《くるまいす》で専用のワゴン車に乗り込んで堂森《どうもり》の実家までやって来た。

本当は誰にも内緒で来たかったが、まだ一人ではまともに歩けない状態ではどうしようもない。

外出許可をもらうのにも、主治医は渋った。

「なぜ、駄目なんですか?」

「いや、それはですね」

「退院は間近なんですよね? それなら、一日外出するくらい、別になんでもないと思いますが」

「問題はそこではなくて、ですね」

「じゃあ、何が問題なんでしょう?」

「とにかく、お兄さんにご相談なさってはいかがですか?」

慶輔には、主治医がそこまで渋る理由がわからなかった。

しかも。主治医は、その決定権を慶輔にではなく明仁に預けようとしている。だから。

「外出の理由は兄に関係ありません」

声高に、それで押し切った。最後には主治医も折れたが、介護士が同伴でならということになった。

本当に、自分の意のままにならない不自由さに泣けてくる思いがした。介護士は諦《あきら》めないで頑張れば一人で歩けるというが、ただの骨折とは違い、どんなにリハビリで頑張ったとしても元通りにはならないのだと宣告されたようなものだった。

意識が戻った当時は、もっと軽い障害で済むと思っていた。言葉もちゃんとしゃべることができるし、左半身もまったく動かないわけではなかったからだ。しかし、リハビリを始めてから、麻痺《まひ》という言葉以上の重い現実を嫌というほど実感させられた。

思った通りに動かない。

――焦り。

こんな簡単なことすらできないのか。

――その、苛立《いらだ》たしさ。

額にビッシリと汗をかくほど集中しても、満足感などないに等しい。

「着きましたよ、篠宮《しのみや》さん」

リフトで車椅子ごと降りたあと。

「すみませんが、インターフォンを押してもらえますか？」

介護士に頼む。車椅子に乗ったままでは手が届かないからだ。そんなことも、初めて知った。

「はい。どなた？」

インターフォンから聞こえてくる母親の声に、慶輔はホッとした。事前になんの連絡もしていなかった――というより、何度かけても電話が繋《つな》がらなかった。

留守番電話モードですらない。

（なんでだ？）

そのことに苛ついてしまった。

繋がらない理由を、明仁に問い合わせる気にもならなかった。

もしも留守だったらしかたない。それならそれで、諦めるつもりだった。

「こんにちは。私、田嶋《たじま》総合病院の橋本《はしもと》と申します。今、篠宮慶輔さんと門扉の前まで来ているのですが」

インターフォンの向こうで母親が一瞬押し黙り、突然、ブツリと切れた。

「えっ……と、切れてしまいました」

介護士が、申し訳なさそうに振り返る。

「もう一回、お願いします」

「はい」

介護士が再度ボタンを押そうとした——とたん。玄関ドアがゆっくりと開いて、細めに絞ったドアの隙間《すきま》から母親が顔を覗《のぞ》かせた。

(……おふくろ?)

こちら側をそっと窺《うかが》い見るような仕種が、妙に挙動不審であるようにも思えた。

どうして、そんなことを?

それ以上に。記憶の中にある母親がずいぶん年老いているのを目の当たりにして、慶輔は今更のように愕然とした。

病院で最初に明仁の顔を見たときには、ただ老けたな……という印象しかなかったが。総白髪になってしまった母親の落差は激しかった。

――と。母親が、慶輔の顔を見て、一瞬、呆然《ぼうぜん》と固まった。

『慶輔？』

母親の口から、声なき声がこぼれ落ちた。

とたん。まるで条件反射のごとく、胸がズキリと疼《うず》いた。

§§§　§§§　§§§　§§§

堂森に住む義母の秋穂から携帯に電話がかかってきたのは、篠宮麻子《あさこ》が買い物を済ませてガレージに車を止めた直後だった。

最近は家の前にしつこく張りついていたマスコミも姿を見せなくなって、ようやく日常生活が戻った。だが、夫の病状はいっこうに改善せず、二人の息子もふさぎがちで日々の安寧《あんねい》にはほど遠かった。

家の中が暗い。

空気がどんより澱《よど》んでいる。

それは、ただの錯覚などではなかった。

先週から、パートの仕事に戻った。智之《ともゆき》のことは心配だったが、一日中夫にかかりっきりというわけにもいかない。いや――このままでは、麻子自身が精神的にまいってしまいそうだった。

生活費のこともある。

仕事でストレスを発散する。なんだかおかしな表現だが、パートに出てきちんと仕事をすることで心と身体のバランスが取れていると言っても過言ではなかった。

こんなときだからこそ、自分だけでもしっかりしないと。

零《れい》にも言われたことだが。ここで自分までダウンしてしまったら、本当に笑えなくなる。その自覚が、麻子にはあった。

今日はパート休みのローテーションで、車で日用品の買い出しをしてきたところだった。それもいつものスーパーではなく、郊外にあるショッピング・モールまで。本当に、いい気分転換だった。

そして、家に戻ってきた――とたん。バッグに入れた携帯電話が鳴った。着信表示が義母からのものだと知って、麻子は思わずどんよりとため息を漏《も》らした。

「……はい。麻子です」

『こんにちは。秋穂《あきほ》ですけど。智之の様子はどう？』

智之の様子が心配なのはわかるが。三日にあげず電話をしてくる義母に、本音では、少々うんざりする。

「相変わらずです」

しばらくの間、いっそ放っておいてほしいと切実に思う。

明仁からの電話は苦にはならないのに、義母からの電話には苛つく。その境界線がどこにあるのか、自分でもよくわからなかったが。これ以上、よけいなことに煩《わずら》わされたくなかった。

実家の両親には、そう言ってある。

——ゴメンね。しばらく、電話しないでもらえる？　用があるときには、こっちからかけるから。

自分の親には言えることが、義母には言えなかった。

『……そう。早く元気になってくれるといいんだけど』

本音だろうが、麻子は何も返す言葉がない。

『で、ね。麻子さん、悪いんだけど、今日、ちょっと家に寄ってもらえる？』

「何かありました？」

『大塚《おおつか》の実家から頂き物をしたものだから。智之の好きな洋梨なの』

堂森の家には、毎年、義母の実家である梨園から果物が届く。老夫婦だけでは食べきれないほどに。そのお裾《すそ》分《わ》けで、いつも智之が車で取りに行っていたのだ。

果汁たっぷりの瑞々《みずみず》しい梨は、智之も子どもも大好物であった。

(あー……もう、そんな季節なのね)

今更のように思う。

「はい。じゃあ、これから伺います」

まったく食の進まない智之も、好物の果物であれば、もしかしたら手をつけてくれるかもしれない。そう思った。

『よろしくね?』

通話をOFFにして麻子は車を降り、後部座席のドアを開いて荷物を取り出した。

§§§§　§§§§　§§§§　§§§§

室内のインターフォンが鳴ったとき。秋穂は、麻子が来たのだとばかり思っていた。

慶輔が書いた暴露本が発行されるまでは、家の門扉に鍵《かぎ》などかかってはいなかった。鍵をかけていなくても、勝手にズカズカと玄関まで入ってくるような非常識な人間も玄関ドアをガンガン叩《たた》きまくるような無神経な人間もいなかったからだ。マスコミという名の横暴な独断専行が許されるまでは、日々は平穏だった。

鍵のかかった門扉から玄関までは約三メートル。拓也《たくや》が死んでから、今、その距離が秋穂の心の平安を保っている。

家中の窓を閉め切りカーテンを引き、家の電話もインターフォンも切ってあるので鳴らない、ひっそりと静まり返った生活空間。秋穂と外界を繋ぐモノは携帯電話だけである。

明仁が来るときには必ず事前に電話をかけてくるし、秋穂がわざわざ出迎えなくても門扉と玄関の合い鍵は渡してある。

いつもは切ってあるインターフォンも、今日は麻子が来るのでスイッチを入れておいた。だから、インターフォンが鳴ったとき、秋穂はなんの疑いもなく麻子が来たのだとばかり思っていた。

なのに。

――まさか。

そこに慶輔がいるなんて。秋穂は我が目を疑い、呆然自失となったのだった。

§§§§　　§§§§　　§§§§　　§§§§

千束の家とは違った意味で、堂森の家はどこもかしこも見慣れた我が家——のはずだった。

慶輔と智之が就職を機に、明仁が書道教室を開くために家を出て両親二人だけの暮らしになっても、盆と正月は家族を連れて帰省して一気に賑《にぎ》やかになる。

つい、この間も、八月の夏休みを皆で過ごしたばかりだった。

(そう。直前に、沙也加《さやか》が行きたくないとかゴネて大変だったけど)

結局、来年の夏休みにはテーマパークに行くのだと子どもたちは勝手に盛り上がって、とりあえずは沙也加の機嫌も直り、堂森の実家に着くと皆で定番のキャンプに出かけた。体調不良になった零は麻子と留守番だったが。

(あー……。それで、晩飯の前に尚人《なおと》と零が帰ってこなくて大騒ぎになったんだよな)

本当に、あのときは大変だった。それで、拓也が尚人と零を怒鳴りつけて。そしたら、いきなり雅紀《まさき》が、

『俺が悪いんだよ。俺が家に残ってナオたちのことをちゃんと見てればよかったんだよ。ごめんなさい』

そんなことを言い出して。慶輔たち大人組は、しごく気まずい思いをしたのだった。

(ほら、ちゃんと覚えてる)

慶輔の記憶に間違いはない。

——なのに。

ついこの間焼き肉パーティーをやったはずの中庭は、いつもきちんと手入れされていたはずなのに、なぜか……雑草まみれだった。

家の中はひっそりと静まり返って、物音ひとつしない。いつもは、どこにいても矍鑠《かくしやく》とした父親の声が姿が耳に、目につくのに。その影すらない。

なんで？

どうして？

やたら、鼓動が逸《はや》る。胸で、こめかみで。ドキドキと、バクバクと——締め付ける。

そして。ことさらゆっくりと、介護士の肩を借りて母親に促されるままに仏壇の前に来て。

慶輔は、ドッと腰から崩れ落ちた。

介護士は、居たたまれなくなったのか。

「私は車で待っていますので。終わったら、呼んでください」

そう言って、出て行った。

仏壇には、真新しい父親の遺影と位牌《いはい》が並んでいた。明仁には、

——親父はおまえを刺したショックで倒れて、搬送された病院で死んだ。

そう言われたが。告げられた内容があまりにもショッキングすぎて、逆に現実感は薄かった。

いや——その事実が受け入れがたくて脳がスルーしていただけなのかもしれない。

けれども。

(ほんとに、死んだんだ?)

慶輔はしばし放心したまま、双眸《そうぼう》を瞠《みは》ることしかできなかった。

そんな息子を、秋穂は複雑な、なんとも言葉にしようがない気持ちで凝視した。

慶輔と最後に会ったのは、二年ほど前、拓也に借金を頼みに来たときだった。よほど切羽詰まっていたのだろう。

不倫して家族を捨てたときに、慶輔は拓也から勘当されたも同然だった。どこで、どんなふうに暮らしていたのかも知らなかった。

電話をしようにも、家を出てからの電話番号も知らなかった。向こうから電話一本かけてくるでなく、本当に音信不通状態だったからだ。

それで、いきなり突然、何年ぶりかで訪ねてきたかと思えば借金の話である。それも十万二十万ではなく、何百万という額であった。多少の蓄えはあっても年金暮らしの老夫婦にそんな大金があるわけもなく、拓也は慶輔が土下座して頼んでも首を縦には振らなかった。

そのときのことが遺恨となり、暴露本へと発展し。挙げ句の果てには、今回のようなスキャンダラスな事件を引き起こしてしまった。

父親が息子を刺す。誰が、そんなことを予想しえただろう。

そのせいで拓也は倒れ、意識も戻らないまま死亡した。誰も、そんな結末など予測もできなかったに違いない。おそらくは、拓也本人でさえ。

最初に明仁からそれを知らされたときには、タチの悪すぎる冗談だと思った。それが悲惨《ひさん》な現実だと認識したのは、駆けつけた病院ですでに死んでしまった夫と対面したときだった。

今朝まで元気だった夫が、夜には冷たい骸《むくろ》と成り果てる。そんなことが現実だとはとても信じられなくて、ショックのあまり、秋穂は気が遠くなった。テレビドラマではありがちな設定だが、まさか自分がそれを実体験してしまうとは、ついぞ思いもしなかった。

慶輔は一命を取り留めたが、その後、脳内出血を起こして半身に麻痺が残ったと聞かされたときには涙も涸《か》れ果ててしまった。

慶輔の見舞いには一度も行かなかった。

突然夫を亡くしてしまったショックより、死んだ原因があまりにも衝撃的で。家の周りには絶えずマスコミが群がって、気の休まる暇もなかった。

つい先日、四十九日の法要もひっそりと済ませた。孫は誰も来なかった。またマスコミに揉《も》みくちゃにされるだけだからと、明仁が言ったからだ。智之も、来られる状態ではなかった。本当に淋しすぎる法要だった。

悲しすぎて、ただ泣けてきた。込み上げる涙が止まらなかった。

事件は拓也の死亡で終わったが、加害者も被害者も身内だけに、家族には惨《むご》すぎて癒《い》えない傷跡だけが残った。

拓也が死んでしまったのは不幸中の幸い。そんな陰口も叩かれた。

いっそのこと、諸悪の根源である慶輔も死んでしまえばよかったのに。口には出さないだけで、親族の誰もがそう思っているのは明白だった。

けれども。秋穂がそれを願ったことなど一度もない。拓也が死んで、その上慶輔まで死んでしまうなんて、そんなことは耐えられそうになかった。

どんなに性悪でも、息子は息子――だからだ。死ねばいい……などと、そんなことは思いもしなかった。

その慶輔が、今、目の前にいる。

拓也の遺影と位牌を前にして、打ちひしがれている。

それがただのポーズではないのは一目瞭然《りょうぜん》だった。本当に、心の底から悲しんでいる。その様に、心のどこかで心底安堵《あんど》している自分がいた。

「おふくろ……。親父が、俺のせいで死んだって……マジ？」

呆然自失の果てに、まるで込み上げる苦汁を嚙《か》み殺すような口調で慶輔が言った。

脳卒中の後遺症で、慶輔の記憶が十年分くらい飛んでいるという話は明仁から聞かされていた。本当にそんなことがあるのだろうかと、秋穂は懐疑的だったが。目の前の慶輔は、確かに何かが――違っていた。まるで、憑《つ》き物がすっかり落ちてしまったかのような顔つきをしていた。

それでも。

「俺を刺したせいで脳卒中になって、死んだって……。ほんとに、そうなのか？」

事実は変えられない。

あったことをなかったことにして誤魔化すことなどできないからだ。

何をどう言うべきかを迷って、秋穂が言葉に窮していると。慶輔の片頬《かたほお》がピクピクと引き攣《つ》れた。

——瞬間。

「クッ…うぅぅぅぅ〜〜〜〜ッ」

慶輔はいきなり前のめりに泣き崩れた。

声を嚙み。

嗚咽《おえつ》を漏らし。

両肩を振るわせて号泣した。

その姿があまりにも哀れに思えて、秋穂はかける言葉もなく、ただもらい泣きをせずにはいられなかった。

泣いて。

泣いて。

泣いて。

今まで抑え込んできたモノが堰《せき》を切って一気に溢《あふ》れ出たように、慶輔は咽《むせ》び泣いた。

――辛《つら》いわね。

――悲しいわね。

――苦しいのよね。

秋穂もそうだ。子どもよりも親が先に逝《い》くのは自然の摂理だが、こんな結末など誰も望んではいなかった。

やってしまったことの責任は、誰も肩代わりしてくれない。自分で背負っていくしかないのだ。

――いいのよ。

――好きなだけ泣いても。

――泣いて、全部吐き出してしまえばいいの。

それを思い。秋穂は、身を捩《よじ》り泣き伏す慶輔の背中をそっと撫《な》で続けた。

いったい、どこで。何を間違えてしまったのか。

なぜ、どうして、こんなことになってしまったのか。

これから。いったい、どうすればいいのか。

拓也が死んで、それこそ何百回となく繰り返してきた自問に、ようやく、ひとつの答えが出たような気がした。

（誰が許さなくても、お母さんだけは許してあげるから）

それが、母親の務めであるような気がした。

§§§§　§§§§　§§§§　§§§§

麻子が車で堂森までやって来たとき。篠宮の家の前には見慣れないワゴン車が一台、止まっていた。

（もしかして、またどこかのマスコミ関係？）

そう思って、思わずドキリとした麻子だが。車体には『田嶋総合病院デイケア・ひだまり号』と書かれてあった。

（デイケア？）

一瞬、麻子は不審に思い。もしかして、義母がどこかのデイケア・サービスでも頼んだのだろうかと、小首を傾《かし》げた。

（電話じゃ、そんなことは一言も言ってなかったけど）

道路脇に車を止め、エンジンを切って降りて歩く。擦《す》れ違いざまに運転席を見やると、介護士らしき制服を着た青年と目が合い、小さく会釈された。

わけがわからないまま、会釈を返して。麻子は合い鍵で門扉を開けようとして、鍵がかかっていないことに気付いた。

(……なんで?)

とりあえず、門扉を開けて中に入る。

玄関ドアの鍵はかかっていた。そこも合い鍵を開けて入る。玄関口には、着脱がマジックテープになった男物の靴と簡易式の車椅子が畳まれてあった。

(どういうこと?)

ますますわけがわからない。

「お邪魔します。お義母《かあ》さん。麻子です」

声をかけて、勝手知ったる足取りでダイニング・キッチンへと進む。

すると。奥の和室から秋穂が真っ赤に泣きはらした目をして出てきた。

「お義母さん。どうしたんです?」

心配になって、麻子が小走りに歩み寄ると。

「あー……ごめんなさい。なんでもないの」

秋穂は指先で目元を拭《ぬぐ》った。

なんでもないわけはないだろう。また、亡夫を偲《しの》んで涙に暮れていたのだろうか。

「家の前にデイケアの車が止まってましたけど……」

「ええ。それは……」

わずかに言い淀《よど》んで。

「梨……。そう、梨を持っていってちょうだい」

秋穂は、無理やり話題をすり替えようとした。

「……はい。いただきます」

何か釈然としないまま、秋穂に続いてキッチンに入りかけたとき。奥の方で、何かがぶつかるような音がした。

慌てて踵《きびす》を返した秋穂が和室のドアを開けると、そこには、椅子から転げ落ちた男が蹲《うずくま》っていた。

和室に椅子？

なんだか、とても不自然な光景だった。だが。

「慶輔、大丈夫？」

駆け寄った秋穂の言葉に。

（……えっ？）

麻子は思わず絶句して。

（ウソ……。なんで、あの人がここにいるの？）

――固まる。

「あー……悪い。立とうとしたら、ちょっとバランスが崩れた」

倒れた慶輔に肩を貸して甲斐甲斐《かいがい》しく世話をしている秋穂を、麻子は信じがたい思いで凝視した。

(これって……なんの冗談?)

慶輔がどうしてここにいるのかも、だが。それ以上に、秋穂からなんの説明もないことが不快だった。

「クソッ」

一言毒突いて、椅子に座り直した慶輔と目が合う。すると。

「麻子さん? お久しぶり」

愛想まじりに、ぎくしゃくと慶輔が笑った。まるで、何もなかったかのように。

(……どういうことよッ?)

麻子は、顔面が引き攣る思いがした。

「お義母……さんッ?」

固まってしまった視線を無理やり引き剝《は》がし、麻子は硬い声で秋穂を呼んだ。これは、いったい、どういうことなのか。その説明を求めて。

「おじいさんにね、お線香を上げに来てくれたのよ」

（――はぁぁッ？）

思うさま声を張り上げたい衝動を呑《の》み込んで、麻子は唇を歪《ゆが》めた。

秋穂が何を言っているのか――わからなかった。

いや。どういうつもりで、そんなことを口にできるのか――理解できなかった。

（この人のせいで、お義父《とう》さんは死んだのよ？）

身内の恥をナイフで解決しようとした短絡思考の老人……などと、呼ばれてもいる。傷害事件の加害者という不名誉なレッテル……いや、死してなお辛すぎる現実である。

なのに、線香を上げに来た？

どの面を下げて？

タチの悪すぎるジョークもいいところだ。

信じられない。

――信じられないッ。

――――信じられないッ！

臆面《おくめん》もなくそんなことができる慶輔の神経が。

そんな非常識を許す、義母が。

義父は――しょうがない。事件の尻拭《しりぬぐ》いを残った家族に押しつけて、さっさと死んでしまったのが許されるかどうかは別にして。もう、この世にはいないのだから。

だが。そのせいで、智之がどれほど苦しんでいることか。事件を防げなかった自分を責めて、義父を死なせてしまったことを悔やんで、ドン底でのたうち回っている。

なのにッ。

酷い裏切りである。

こんなことは……許されない。

「え……と、智之は？　元気でやってる？」

「慶輔ッ」

視界の端で、秋穂が声を荒らげた。

その瞬間。麻子は、頭のどこかで何かが『ブチリ』と切れた音を聞いた。

気のせいではない。

ただの錯覚でもない。

顔面から、一気に血の気が引いた。

引き攣り歪んだ唇が、硬く握り込んだ指が、プルプルと震えた。

——この男が。

——こいつが。

何もかも——メチャクチャにした。

込み上げる憤激で胸が灼《や》けた。頭が弾けてしまいそうだった。

「智之さんが、元気か、ですってぇ？　よくも……よくも……そんな無神経なことが言えるわねッ」

ズキズキとこめかみを蹴《け》り付ける怒りで視界が赤く染まり、眦《まなじり》を吊り上げたまま、麻子はギリギリと奥歯を軋《きし》らせながらズカズカと慶輔に歩み寄ると。

いったい、何をそんなに怒っているのだ？

——と言わんばかりに双眸を見開いたままの慶輔を、ショルダーバッグで思いっきり殴りつけた。

「ン…ぐッ」

一言呻《うめ》いて、慶輔が椅子からずり落ちる。

まさか、麻子がいきなりそんな暴挙に出るとは思ってもみなかったのか、秋穂が呆然と麻子を見上げた。

「よく、こんな仕打ちができるわね。智之さんが可哀相。お義父さんだって、死んでも死にきれないでしょうよ」

声音低く、麻子が吐き捨てる。

秋穂は、コクリと息を呑んで。そうして、なんの弁解もせずにぎくしゃくと目を逸《そ》らせた。

それが秋穂の答えなのだと、麻子は知る。

【親は選べないが、切り捨てにすることはできる】

智之にそう言ったらしい雅紀の言葉が、今、ヒシヒシと実感できた。

本音を言えば。まだ義父が存命であった頃から、独自の論理でもって孫を露骨にエコヒイキする義父と、そんな夫を文句も言わずに立ててきた古いタイプの良妻かもしれない義母が、麻子はあまり好きではなかった。

智之の親だから……と思えば、カドが立たない程度に良識のある嫁を演じていられた。いや、慶輔の妻であった義姉《奈津子》がいたから、盆と正月の帰省も苦にはならなかった。ブチまけて言ってしまえば、そういうことである。

義父があんな人だから、義父の嫌なところばかりに目が行って苦手意識が勝った。今まで、麻子はそう思っていた。

だが――違った。

あんな事件があってみんなが苦しんでいるこんなときに、その元凶である慶輔を篠宮の家に迎え入れられる義母の神経が理解できない。露骨に孫をヒイキする義父より、我が息子をあからさまにエコヒイキしているとしか思えない義母の本性を垣間見たような気がして、麻子はゾッとした。

結婚式は皆が笑顔で良いことしか言わないが、葬式では恨み辛みに欲まみれで人間の本性が暴かれる。などと言われるが、本当にそうである。

「もう、二度と顔も見たくないわ。電話もしないで」

それだけ言い捨てると、麻子はすべてを拒絶するかのように踵を返した。

§§§　§§§　§§§　§§§

そのとき。

フリーの雑誌記者《ルポライター》である真崎亮二《まさきりようじ》は、篠宮家から少し離れた車の中で、助手席に望遠レンズ付きのカメラを置いたまま手持ち無沙汰《ぶさた》で煙草《たばこ》を吹かしていた。

(遅っせーな。いったい、何をチンタラやってンのかねぇ)

篠宮拓也の四十九日が終わってしまうと、家の前に張りついていた報道陣は潮が引くようにいなくなった。法要には、もしかしたら篠宮四兄妹弟《きようだい》の美味《おい》しすぎるフレーム・ショットの再現か——とも囁《ささや》かれたが、とんだ期待外れに終わってしまったこともあるだろう。

篠宮家のスキャンダルよりももっと派手な保険金連続殺人が世間を騒がせているせいか、大手どころは今、そっちで手一杯である。

だからこそ、真崎のようなフリー記者に出番が回ってくる。

美味しいネタは、そうそう転がってはいない。だが、あれこれ欲を掻《か》かずに一本ネタに絞り込めば、それなりに面白い話は書ける。別に、真実などどうでもいいのだ。まったくの嘘ではない『かもしれない』事実であれば、あとは読者の妄想がどうとでも補ってくれる。それでいいのだ。

だから。真崎は、篠宮ファミリー・ネタにずっとへばりついていた。

例の『MASAKI』の『それは脅迫ですか?』発言がネットで話題になってからは、さすがに未成年ネタはマズイ——という業界のタブーになってしまった。

今は、ド素人が携帯で撮ったモノをすぐにネットにアップして、それを時間差《タイムラグ》なしで何万人が見ることができるという時代である。奴らのコンセプトは、

『面白いから』

『話題になるから』

『もしかしたら有名になれるかもしれないから』

——である。

しかも。興味があるのは金ではなく、アカウント数である。

トップネタで飯を食っている真崎たちにとっては、まさに天敵であった。

あのとき。『MASAKI』に名指しで脅迫者呼ばわりをされたレポーターは世間から猛バッシングを喰らって、いまだに行方不明である。

当然、そのテレビ局もしごく低姿勢でトップの『お詫《わ》び』会見にまで発展した。以来、『M

ＡＳＡＫＩ』の地雷である妹弟への取材は自粛《じしゅく》ぎみだった。

バッシングが怖くてフリーのルポライターがやってられるかッ——と嘯《うそぶ》くことはできても、あえて地雷原に足を突っ込みたがるチャレンジャーはいなかった。

それでなくても、『ＭＡＳＡＫＩ』サイドのマスコミ対応はガードが堅すぎてまったく話にならない。

むしろ。『完全黙殺』をウリにしているものだから、その手の常套《じょうとう》手段である『関係者の話』がまったく使えない。『かもしれない』『……のようだ』『そう聞いた』がミエミエの捏造《ねつぞう》という目で見られるからだ。

使えない記事はただのクソである。

だから、狙い目は『ＭＡＳＡＫＩ』と慶輔の確執ではなく、その親世代、死んだ拓也とその息子たちの因縁にシフトアップした。なにしろ、慶輔本人が実名で暴露本を出版したのだ。ほじくればほじくるほど美味しいネタはザクザク出てくるに違いない。

それを思って、真崎は篠宮ファミリーに張りついていたのだ。無駄足の空振りが続いても、諦めなかった。

そして、今日。慶輔が入院している病院で動きがあった。車椅子の慶輔がワゴン車に乗り込んで外出するところをバッチリ連写で撮れた。しぶとく張りついていた甲斐があったというものだ。

――やった。

――撮った。

――スクープだ。

興奮で脳味噌《のうみそ》まで痺《しび》れた。

慶輔は脳卒中の後遺症でリハビリ中。それは誰もが知っていることだが。そのリハビリ写真がリークされたことはない。そこらへんは、病院関係者もそのことにはひどく神経質になっているらしい。

たとえそれが公開されたとしても、誰も困らないはずだから、別にいいのではないかと真崎は思うのだが。なにせ『MASAKI』が『視界のゴミ』には興味も関心もないと、きっぱり公言しているのだから。

その件に関しては、例の愛人が独占スクープ第二弾として涙ながらに語るのではないかという噂《うわさ》も絶えない。

いや――慶輔自身が、いずれ今回の刺殺未遂事件を執筆するに違いないと、憶測やら何やらが飛び交っているのも事実だ。銀流社《ぎんりゅうしゃ》が暴露本第二弾を狙っているのは確実だろう。業界ではすでに、その噂で持ちきりである。

その慶輔が車椅子でどこに向かっているのか。ドキドキ、ワクワクの展開に真崎は舌嘗《したな》めずりをせずにはいられなかった。

そして、やって来たのが堂森の篠宮家である。

自分を刺して死んだ父親の家に、ケア・サービスの車で乗り付ける。ごくフツーに考えて、あり得ない選択だが。

(――マジかよ?)

真崎は我が目を疑いつつシャッターを押しまくった。

(まさか、本当に母親から慰謝料でも毟《むし》り取るつもりなのか?)

そういう噂がまことしやかに流れているのも事実だ。

自分の子どもには極貧生活をさせておいて赤の他人である愛人の妹をお嬢様学校に通わせていた慶輔であるから、そこらへんの金銭感覚というか思考回路は読めない。

そう思っていたら。慶輔に付き添っていた介護士だけが戻ってきて車に乗り込み、そのまま待機だった。

真崎は介護士を直撃取材したい衝動を覚えたが、そこはグッとこらえた。そんなことをして警戒されるよりも、慶輔が出てきた瞬間を突撃激写したほうがネタは大きい。

それから、約三十分後。篠宮家にもう一人の訪問者があった。望遠レンズ越しに顔を確認して、

(あれって……たしか、三男の嫁じゃねーか)

真崎は興奮を抑えきれずに連写する。

篠宮三兄弟の三男――智之は今、体調不良で家に引きこもっている。

父親は死亡、兄は刺された傷よりもそのあとに発症した脳内出血により昏睡《こんすい》状態。その責任を感じて鬱《うつ》になったとしても、なんら不思議はない。

(もしかして、一番の貧乏クジを引かされたのは智之かもな)

真崎ですらそう思うのだから。

(やっぱ、慶輔ってクサレ外道だよな。自分の身内をとことん壊しちまうんだから)

腐ったミカン――よりもタチが悪い。

そんな慶輔と三男の嫁が死んだ親父の家で鉢合わせ?

ますます、スキャンダラスな臭いがプンプンしてきた。

そして――二十分後。来たときとはまるで別人のように顔を引き攣らせて、嫁が出てきたところを激写して。真崎はニンマリとほくそ笑んだ。

《＊＊＊　愛憎の行方　＊＊＊》

その日。

外は秋晴れの爽《さわ》やかな風が吹いていたが、明仁の頭の中は雷鳴が轟《とどろ》いていた。

なぜなら。朝食のパンと牛乳が切れていたので近くのコンビニまで歩いて買いに出かけたとき、入り口の雑誌売り場でスポーツ紙の見出しに、

【篠宮慶輔氏、車椅子で実家訪問】

あり得ない記事を見つけたからだ。

瞬間、こぼれ落ちんばかりに双眸を見開き。心臓がバクバクになり。明仁はそれを引っ摑《つか》んですぐさまレジに直行し、パンも牛乳も買わずに急いで家に戻ってきたのだった。

一面には『独占スクープ』と銘打って、見慣れた堂森の実家に横付けされたワゴン車から車椅子の慶輔が降りてくる姿がデカデカと掲載されていた。

玄関から出てきた母親の姿と、介護士に肩を支えられて家の中に消えていく慶輔が連写で。そして、女性が家に入っていく姿と出てくる写真まで載っていた。

母親と女性の顔はモザイクがかけられてあったが。注釈によると、その女性は『智之氏の妻』となっており、その真偽はともかく明仁はギョッとなった。記事には克明すぎる経緯が書かれてあり、読んでいくにしたがって、明仁の顔はしんなりと青ざめていった。

二面には。

【慶輔氏と篠宮家、和解か？　それとも、決裂か？】

煽《あお》り文句が躍っていた。

いったい。

どうして。

——こんなことが。

慶輔が堂森の実家に行くなんて。

（まさか、本当に？）

しっかりとその現場を激写されているにもかかわらず。

（……信じられない）

常識では考えられない光景に、明仁は我が目を疑う。

普段、明仁は、男の欲望をことさら煽り立てるようなエロと真偽が定かでないスキャンダルを特ダネと報じるスポーツ紙は買う気もしない。読む価値もないと思っていたが。今回は、違う。

——まさか。

——信じられない。

——あり得ない。

内心でそれを連発しながら、記事の一言一句までを何度も読み返した。そして。

(こんな大事なこと……。なんで誰も俺に言わないんだ?)

その思いに駆られて、手にしたスポーツ紙をグシャリと握り潰《つぶ》した。

慶輔。

母親。

智之の妻。

そこに足りないのは、長男である明仁だけだ。

記事にも皮肉ってある。

【長男明仁氏をハブにして、家族会議か?】

——と。

これが、事実だとは思えない。

——思いたくない。

けれども。こんな記事が特ダネ情報として垂れ流しになっているのに、自分のところにはいまだに電話の一本もかかってこない。それが、腹立たしくてならない。

（どうして、何も言ってこないんだ？）

口の中が苦汁で溢れかえる。

とにかく。こうなったら、事の真偽を確かめるしかない。明仁は憤怒の形相でリビングのソファーから立ち上がり、車のキーを掴んで玄関を出た。

——とたん。

いつの間にか家の前に張りついていたらしいマスコミが一斉にマイクを突きつけた。

「明仁さん。日東《にっとう》スポーツの記事は見ましたか？」

「あれは、事実ですか？」

「家族会議なんですか？」

「慶輔氏と和解されるつもりですか？」

「智之氏が責任を感じて鬱になってる時点で、それはあり得ませんよねぇ？」

「どうなんですか、明仁さんッ」

そんなマスコミを黙殺して、明仁は車に乗り込んだ。

§§§§§　§§§§§　§§§§§　§§§§§

しつこくまとわりつく連中を振り切って明仁が堂森の実家にやってくると。そこにも、大勢の報道陣が待っていた。

（クソッ）

盛大な舌打ちをして、車から降りると。まるで不幸の甘い蜜《みつ》に群がるように、我先にと明仁を取り囲む。

それぞれが、好き勝手に大声で喚《わめ》き散らす。早口でまくし立てる。だが、今の明仁にとって、そんなものはなんの意味も成さない耳障りな騒音に過ぎなかった。

合い鍵で門扉を開け、ハイエナ軍団が追いかけてこないようにきっちりと鍵をかける。そして、同じように玄関ドアを開けて入ると、耳障りな騒音もパタリと消えた。

思わず、ため息が出た。

秋穂はリビングのソファーに座って、編み物をしていた。

昔から、それが唯一の趣味である。手編みのセーターやカーディガンもプロ級の腕前で、そういう専門店に作品を置いてもらってけっこうな臨時収入《へそくり》になっていた。さすがに、八十歳間近になれば目も手も衰えてくるので昔のようにはいかなかったが。

――ボケ防止にはちょうどいいわよ。

そう言って、今も暇さえあれば毛糸選びを楽しんでいた。

「あら。明仁、もう来たのね」

車から携帯電話に連絡を入れておいたので秋穂を驚かせるようなことはなかったが、相変わらずのおっとりぶりであった。

「お茶でも淹《い》れましょうか？　それとも、コーヒーのほうがいい？」

編み物をテーブルに置き、老眼鏡を外して秋穂が言った。

いつもだったら、即答でコーヒーを頼むところだが。

「いや。いい」

今は、そんな気分ではなかった。

明仁はどったりとソファーに座ると。バッグの中から折り畳んだスポーツ紙を取り出して、テーブルに叩き付けた。

「おふくろ。これ、どういうこと？」

秋穂は再度老眼鏡をかけてスポーツ紙をじっくりと見やり、そして、小さくため息をついた。

「驚かないんだな」

「だって、朝から外がうるさいんだもの」

——そういうことじゃないだろッ。

思わず声を張り上げたくなるのを奥歯で噛んで。

「慶輔が来たってこと、どうして俺に言わないんだ？」

努めて、平静を装う。

「言ったら、怒るでしょ？」

当たり前なことを聞くな――とでも言いたげな口調だった。

それで、逆に頭が冷えた。明仁は今から行く――と伝えただけだったが、秋穂の腹はすでに決まっていたのだろう。

「……で？　慶輔はなんだって？　親父に詫びでも入れに来たのか？」

「あの子、号泣してたわ。そりゃもう、見てるのが辛くなっちゃうくらいによ」

それを口にする秋穂の顔つきは、わずかに歪んでいた。嫌悪感ではなく、心底痛そうに。

「それで、おふくろはコロッとやられちゃったわけ？　あいつがしたことを全部チャラにしてもいいとか、本気で思ってるのか？」

「記憶がないのよ？　ただ忘れてるだけじゃなくて、何も覚えてないの。それなのにいつまでも責めたりしたら、可哀相じゃないの」

秋穂は夫を亡くしたことを嘆く妻ではなく、完全に子どもを庇《かば》う母親の顔をしていた。

「あんなふうに死んでしまった親父は、可哀相じゃないのか？」

確かに、父親《拓也》にはいろんな欠陥があった。

厳格と言えば聞こえはいいが、自分にはけっこう甘くて、歳とともに子どもじみた癇癪《かんしゃく》を起こすことが多くて閉口させられたこともしばしばだった。

一番の欠点は、露骨に孫をヒイキする態度だった。それで零や尚人が子ども心にどんなに傷ついただろうと思うと、今でも心が痛む。

——が。

それでも。

あんな惨《みじ》めな死に方をしてほしいなどとは、絶対に思わない。

やってしまったことを正当化しようとは思わないが、死んでなお世間に『短絡思考の老人』などとバッシングされることなど、絶対に望んではいない。息子として、それだけは譲れない一線だった。

——なのに。

「おじいさんは死んじゃったからなんの文句も言えないけど、あの子は生きてるのよ？　麻痺の残った身体でこれからの人生を生きていかなきゃならないのよ。それも、中途半端な記憶を抱えたままで……」

「それが可哀相だっていうんなら、智之はどうなる？　今のあいつを見て、それでもおふくろは、慶輔が可哀相だのなんだの言えるのか？」

明仁が語気を強めると、秋穂の顔がクシャリと歪んだ。

「だって……智之には麻子さんや子どもたち家族がいるけど、あの子は独りぼっちじゃないの。『最低最悪なクソ親父』とか、世間からは爪弾《つまはじ》きにされて。雅紀ちゃんにまで『視界のゴミ』

扱いされて、それであたしまで見捨てたりしたら、あの子はどうなるの？　あたしは母親なのよ？　そんな可哀相なこと……できないわよ」

明仁は小さく唸《うな》って、唇を歪めたまま思わず天井を睨《にら》んだ。そうでもしないと、年老いた母親を罵倒《ばとう》してしまいそうで。

喉元《のどもと》まで込み上げてくる苦汁を無理やり呑み込んで、明仁は重すぎる口を開いた。

「それ……麻子さんにも言ったのか？」

秋穂の答えを聞くのが、これほどまでに怖いと思えたことはない。

「言わないわ。言えるわけ……ないじゃないの」

明仁は、露骨にホッと胸を撫で下ろした。秋穂にも、まだそれだけの良心が残っていると知って。

しかし。

「でも、麻子さんに……絶縁するって言われたわ」

最後の最後でトドメの一撃を喰らったような気がして。

(それって、最悪だろ)

今度はどんよりと、手元に視線を落とした。

「おふくろ……。おふくろが慶輔を可哀相だなんだの言って庇うってことは、両方の孫にも顔向けできないことだって、ちゃんとわかってるか？」

秋穂はハッと双眸を見開いた。

「雅紀たちは絶対に慶輔を許さないし、零も瑛《あきら》も、結果的に自分たちの父親をあんなふうにしてしまった伯父を恨んで当然だから。麻子さんが絶縁宣言を叩き付けたのなら、この先、おふくろの味方は誰もいないってことだ。そこ、ちゃんとわかってんのか？」

「でも……。だって、麻子さんたちは慶輔が記憶喪失だって知らないのよ？　明仁、あなたがそのことを誰にも言うなっていうから……。だから、ちゃんと説明をしたら……」

「そういうことじゃないんだよ、おふくろ。あいつがこれまでやってきたことが、問題なんだ。慶輔が都合の悪いことは全部忘れて、自分はそんなことはやってないって唾《つば》を飛ばして力説しても、誰もあいつには同情しない」

「――あなたも？」

「あー……俺も」

唇重く、その言葉を吐き出す。

「おふくろには、どんな息子も可愛《かわい》い我が子なのかもしれないけど。雅紀たちにとっては極悪非道のクソ親父だった。しかも、あいつは借金返済のために自己正当化して暴露本まで出した。亡くなった奈津子《なつこ》さんまで引っ張り出して、死者に鞭打《むちう》つようなことまでやった。それを、何も覚えてません、知りません、記憶にもないことを責められるのは理不尽だって泣き言を言ったって、そんなことは誰も許さない」

許されるはずがない。

「だから……千束の家には戻るなって言ったの？」

「言ったさ。あの家は、雅紀たちがもらうべき当然の慰謝料だろ」

「あの子……。退院したら、この家に帰りたいって。帰らせてくれって、あたしに頭を下げたの。どこにも帰る家がないからって、泣きながら土下座したの」

明仁は苦々しい思いで奥歯を噛み締めた。

（本当に、どこまで身勝手な奴なんだ）

老いた母親まで巻き込んで。それが、一番許せない。

「あいつの帰る家なら、ある」

「――真山《まやま》千里とかいう女のところ？」

「そうだよ。あの女とずっと暮らしてたんだから。そこが、あいつの戻るべき場所だろ」

それ以外に、ない。

「でも――だけど、それは記憶を無くす前のことでしょ？　今のあの子には赤の他人も同然なのよ？　あの子の人生を狂わせた張本人なのよ？　そんな女のところに帰れって、明仁、本気で言ってるの？」

秋穂の口調が、明仁を責めるそれに取って代わる。

誰だって、図星を指されたら痛いものだ。それを認めたくなくて、秋穂が明仁を責めたくなるのもしょうがない。

だが。責められても、明仁は本音を口にし続けることしかできなかった。

可哀相な息子――という特殊フィルターが目も心も覆って現実が見えなくなっている母親に苦言を呈するのは、長男の役目だからだ。

「本気に決まってるだろ。おふくろ、自分の歳を考えてみろよ。今は元気でも、この先どうなるかわからないんだぞ。おふくろが倒れたときの面倒は、誰にみてもらうつもりなんだ？　そういうことまでちゃんと考えて、慶輔をこの家に戻らせてもいいとか思ってるのか？」

秋穂はじんわりと涙ぐんだ。

「どうして、そんな嫌味なことしか言えないの？　あの子はあなたの弟なのよ？　もうちょっと優しくしてやったっていいじゃないの」

「弟は慶輔だけじゃない。智之もだ。俺に言わせれば、おふくろがやろうとしてることのほうが理解できない。今一番辛い思いをしてるのは慶輔じゃない。智之とその家族だろ。慶輔には帰る家もあれば、体力が有り余ってる若い愛人もいる。それで充分だろ」

「……でも、しょうがないじゃない。あの子は何も覚えていないんだから。今のあの子は、人生を踏み外す前のあの子なのよ。だったら、誰かが……家族の誰かが支えてやらなきゃならないのよ」

そこだけは決して譲ろうとしない秋穂に、母性という名の頑《かたく》なさを見たような気がして、明仁はそれっきり口を噤《つぐ》んだ。

§§§§§　§§§§§　§§§§§　§§§§§

その日。

朝の目覚めは、入院してから一番の爽快感《そうかいかん》だった。

とりあえず、慶輔にとっては目の前に立ち塞《ふさ》がっていた最大の問題が解決したからだ。

(やっぱり、最後の最後で頼りになるのはおふくろだけだよな)

しみじみと実感する。

自分のせいで父親が死んでしまったという受け入れがたい事実も、堂森の実家に行って、自分の目で拓也の位牌と遺影を目にしたことでどうにか納得することができた。

慶輔が書いた『ボーダー』が原因で父親に刺されたことも。そのせいで脳卒中を起こしたことも。麻痺はリハビリで改善されても、完全には元に戻らないことも。

そして、十年分の記憶を失ったことも。

仏壇の前で号泣したことで、ようやく、今の自分を受け入れられたような気がした。

それもこれも、退院したら堂森の実家で暮らしていいと母親が確約してくれたからだ。母親には、感謝してもし足りない。

失ってしまった記憶も、時間も、取り戻すことはできない。だが。これから先の将来が百パーセント明るいものではないにしても、それなりの希望は持てるのではないかと思えた。

父親は死んでしまったが、自分はまだ生きている。それには、なんらかの意味があるのだと思いたい。

そうだと――信じたい。

(……大丈夫)

過去がすべて喪われたわけではない。十年分、喪失しただけだ。

思い出は、まだ生きている。

だったら、そこからまた新たに始めればいいのだ。

それを思い、慶輔はゆっくりと時間をかけて身体を起こした。

§§§§　§§§§　§§§§　§§§§

そのとき。

千里は朝からマスコミに追い回されて、ホトホト疲れきっていた。

「真山さん。今朝の日東スポはご覧になりましたか?」

「慶輔氏が家族と和解したって、本当ですか?」

「真山さんも承知の上のことですか?」

「どうして慶輔氏は実家に行ったんですか?」

「慶輔氏から、どのように聞かされているんですか?」

どんな質問を投げつけられても、千里は何も答えることができなかった。答えたくないのではない。何も知らないからだ。何ひとつ、聞かされていないからだ。

慶輔が外出許可を取って実家に行ったことも、今朝のテレビニュースで知った。

(……ウソ)

あんぐりと口を開けたまま、千里は絶句した。

——知らない。

——聞いてない。

何も——わからない。

これは、いったい、どういうことなのか。

自分の知らないところで何が起こっているのか理解できなくて、動揺せずにはいられなかった。

マンションの前でも、会社でも、しつこくマスコミに付きまとわれて。千里は困り果てた。誰も頼れる人がいない。そのことを痛感せずにはいられなかった。

そのとき、ふと、銀流社の土屋《つちや》のことを思い出した。

慶輔がもらった名刺は財布の中にある。

さんざん迷って千里が土屋に電話をすると、すぐに駆けつけてくれた。本当にありがたかった。そこで、千里は、土屋からひとつの提案をされた。

「どうせなら、退院祝いとして慶輔氏の復活記者会見をやりましょう」

「――え?」

それは、まったく胸中にもなかった。

「リハビリも、かなり進んでいるんでしょう?」

「はい。それは、一応順調に」

「だったら。慶輔氏の回復ぶりを世間にアピールするためにも、ここは一発、派手にやりましょう」

「いえ、それはちょっと……」

土屋は身を乗り出しぎみに熱く語るが。

千里の口は重かった。

脳卒中の後遺症克服のためのリハビリは順調で、ようやく退院の話が出るまでに回復したが。

それよりも切実なのは、慶輔の記憶障害だった。

そんな慶輔をカメラの前に立たせるわけにはいかない。

(さすがに、それは絶対に無理)

ストレスで、また脳の血管が切れてしまうかもしれない。そんなリスクは冒せない。

「何か、問題でも?」

問題、大ありである。

なにしろ、千里のことどころか、事件のことはまるっきり何も覚えていないのだ。今の慶輔は、まったくの別人なのだ。

いきなり黙り込んでしまった千里に、

「どうしたんですか、真山さん。何か心配事があれば、言ってください。こちらで、どのようにも対処しますから」

「あのぉ……今から話すことは、ここだけのオフレコにしてもらえます?」

「はい。大丈夫です」

きっぱりと即答する土屋に、千里は重々しい口調で言った。

「実は、慶輔さん、脳卒中の後遺症で、記憶が飛んでいるんです」

「……は?」

一瞬、ポカンと千里を見つめ。次いで、土屋はゴクリと生唾《なまつば》を飲んだ。

「記憶が飛んでるって……。それは、どういう？」

「覚えてないんです。まったく。私のことも、父親に刺されたことも。全部、忘れてしまってるんです」

まさか、そんなことが本当にあり得るのか——と、土屋は絶句して。マジマジと千里を凝視した。

《＊＊＊　男気の本分　＊＊＊》

なんだか、もう、すっかり定番と化してしまった和食処『真砂《まさご》』での加々美《かがみ》との会食は、雅《まさ》紀《き》にとっては超多忙な仕事のスケジュールをピンポイントで埋める癒《いや》しの時間になっていた。

約束の時間よりも十分遅れて雅紀がやってくると、加々美は電話中であった。

雅紀が『遅くなりました』と目で挨拶《あいさつ》をすると、加々美は『おぅ、お疲れさん』とばかりに顎《あご》をしゃくった。

(珍しいな。『真砂』で飯食うときは、加々美さん、いつも携帯を切っておくのに)

雅紀が席に着くと。

「じゃあ、もう切るぞ。……だから。クドクド言い訳してる暇があったら、さっさとやるべきことをやれ」

加々美にしてはキツイ口調でそう言い捨てると、通話を切った。

「トラブルですか?」

さりげなく問うと。加々美はため息で応えた。

（大変だなぁ。加々美さんくらいになると、自分のことだけ考えてりゃいいってわけにもいかなそうだしな）

だから、いまだに独立話が宙に浮いているのかもしれない。いや、その独立話も噂《うわさ》だけが先行して、真偽のほどはわからないが。

食事は雅紀が着いてから、との段取りになっていたのか。すぐに、グラスビールとお通しが運ばれてきた。

「まずは、やっぱり、お疲れさん……かな」

「……ですね」

グラスで乾杯し、喉《のど》が渇いていたこともあり、雅紀は一気に飲み干した。

「仕事が終わったあとのビールは、最高にウマイですよね」

まるで、どこかのテレビCMのようだが。本当にウマイのだから、ほかになんとも言いようがない。

「グラビア撮りが押してたんだろ？」

「はい。今日はピンじゃなかったんで」

「絡みがあると、一人だけさっさと終わらせるわけにゃいかないからな」

しみじみと実感を込めて、加々美が言う。

「まっ、おまえの場合、たいてい絡む相手がビビるか異様に舞い上がるか……。そのどっちかだろうけど」

「加々美さんとこの駄犬とは、更に相性が最悪っていうオマケ付きです」

「最近『タカアキ』とは、そんなにバッティングしてねーだろ」

「はい。おかげでノリノリです」

「ンな、澄ました顔で言われてもなぁ」

加々美が会話の間にビールを飲み干してしまうと、まるでタイミングを計ったかのように、本日の料理長お勧めの料理が運ばれてきた。

「ビールをもう一杯ずつ、お願いします」

注文したあと。

「――で、いいよな?」

加々美が今更のように念を押す。

「はい」

雅紀は頷《うなず》くだけだった。

だいたい、いつもこんな調子である。仕切りは、すべて加々美にお任せ……であった。

まずは、この季節限定の松茸《まったけ》の土瓶蒸しをいただく。添えてあるかぼすを絞ると、その匂いだけで食欲も倍増だった。

「……そういや。この間、『ミズガルズ』のPV第二弾に使う楽曲の生レコがあったんだってな」

（いきなり、そこですか？　できれば、そういう話は土瓶蒸しを食ったあとにしてほしかったよなぁ）

そう思いつつ、風味を味わって汁を啜《すす》る。

（あー……ほんとにウマイ）

季節限定だと思うと、なおさらに。

「それって、高倉《たかくら》さん情報ですか？」

「そうだけど」

マネージャーの瀬名《せな》が大学の後輩だとかで、ある意味『ミズガルズ』の情報はダダ漏《も》れである。制作発表の記者会見の前に、加々美からはメールが来た。

『PVの監督、伊崎《いざき》に決まったって？　たぶん、みんな、ブッたまげんじゃねーか？　リーダーは狂喜乱舞してるらしいけど、高倉は瀬名がストレスで過労死するんじゃないかって、今から心配してる。まっ、頑張れ』

今度はあくまで傍観者な加々美にエールを贈られて、雅紀としては、なんだかなぁ……だったが。

そのあと。正式な記者会見のテレビ中継を生で見ていたらしい加々美から、ソッコーでメールが届いた。

『PV第二弾の記者会見、見たぞ。とりあえず、おめでとう……かな。周囲の凄《すご》さが丸わかりなド派手な会見だったな。おまえとリーダーのカメラ目線のツッコミ漫才には笑えたけど、なんつっても、伊崎の不機嫌丸出しな俺さま発言には超ウケた。負けるなよぉ』

何が『負けるな』なのかは、疑問だったが。

「ほかに……何か聞いてます？」

「んー……」

わずかに小首を傾《かし》げて。

「てっきり生レコ見学をパスするだろうと思ってた伊崎が来たってことと、おまえが尚人《なおと》君連れでやってきて、尚人君のまったくスレていない可愛《かわい》らしさに瞬殺されたメンバーが大いに盛り上がってた……ことくらい？」

「はぁ……。そうですか」

「おまえ、業界人がゴロゴロの現場に、よく尚人君を連れて行けたよな」

「ナオが『ミズガルズ』の大ファンなんですよ」

「そうなのか？」

もしかして、言ってなかっただろうか。

「前回、リーダーにオファーを受けた理由を聞かれたときにそれを口にしたら、今回のレコーディングに連れて来てって言われたものですから」

「リーダーに？」

「アキラがやけにノリ気で」

そうなのだ。

――絶対に連れてきてよ？

それはもう、しつこいほどに念を押された。そのためにわざわざスケジュール調整をしたのではないかと、思ったほどだ。

まぁ、それはあり得ないだろうが。

「そりゃ、噂に聞くおまえの溺愛《できあい》ぶりを生でじっくり堪能したかったんじゃねーか？」

溺愛……。

否定できない現実であるが、加々美に断言されるとなにやら脇腹が妙にムズ痒《がゆ》い。

「それは……わかりませんが」

「や……絶対にそうだって」

やけにリキを込めて加々美が言う。

「俺は、撮影に入ったら嫌というほど聴く曲だから、生《ナマ》までは……とか思ってたんですが。ナオが行きたいって言うんで、一緒に」

とたん。加々美がどんよりとため息を漏らした。

「なんですか？　その、あからさますぎるリアクションは」

「おまえと伊崎、似た者同士だったんだなぁ……とか思って」

「はぁ？」

雅紀は思いっきり目を眇《すが》めた。

よりにもよって、あの傲岸不遜《ごうがんふそん》を絵に描いたような伊崎と？

(俺は、そこまで酷《ひど》くないと思うけど)

独占欲丸出しなエゴイストであることは自覚しているが。ある意味、それは、失礼すぎる暴言ではなかろうか。

「俺と伊崎さんの、どこが……ですか？」

非常に気になる。

「伊崎的には、きっちり楽曲さえ仕上がればいいわけだから、わざわざ時間を割いてまでレコーディングに立ち会う必要はない——とか、ぬかしやがったんだよ。俺なら、そんなチャンスがあるなら、関係者に裏から手を回してでも行きたいぞ」

「そう……なんですか？」

まさか、加々美が『ミズガルズ』の隠れファンだったとは……初耳である。

「だって、もったいなさすぎだろ。直々《じきじき》にお呼ばれされてるんだぞ？　生だぞ、生。完パケしたものなんて、いつでも好きなときに好きなだけ聴けるじゃないか。非公開での生レコを見学できるなんて、そんなチャンス二度と巡ってこねーよ」

鼻息荒く、語りきった加々美だった。

「——わかりました」

「何が？」

「加々美さんとナオが似た者同士だってことが」

「はぁぁ？」

今度は加々美が盛大に目を眇めた。

「今、加々美さんが言った通りのことを、ナオも力説してました」

雅紀が淡々と口にすると。

「あ……そ」

さすがにバツが悪くなったのか、加々美はポリポリと左の頬《ほお》を掻《か》いた。

「尚人君も大人思考なんだな」

（いーえ。加々美さんが高校生ファンと同じレベルなんだと思います）

——たぶん。

（でも、そっか。あのことは加々美さんにはバレてないんだ？）

先輩の高倉とツーカーとはいえ、さすがに、瀬名もそこまでバラすのはマズイと思ったのだろうか。

実は当日、伊崎とはかなり険悪な雰囲気になった。

いや――そう思っているのは、もしかしたら雅紀だけで、伊崎はまったく意に介していないのかもしれない。

雅紀だって、まさか、伊崎がいきなり尚人にチョッカイをかけてくるなんて思いもしなかった。

『ミズガルズ』のメンバーに尚人を紹介し、雅紀が知らない楽曲の話で尚人とメンバーが熱く語るのを目にして、来てよかったなぁ……と思いつつ。意外な尚人の一面を発見したようで、あんな楽しそうな顔をさせている『ミズガルズ』にちょっとだけ嫉妬《しっと》してブースを出たところで、雅紀は伊崎が来ていることを知ったのだ。

別に伊崎が来ていようがいまいが、雅紀的にはどうでもよかったが。伊崎は、雅紀を無視して尚人に気安く声をかけたのだ。

正直、ビックリを通り越してただ啞然《あぜん》？

それは雅紀だけではなく、周囲の者たちも同様だった。

この夏。尚人と二人で夏休みのプチ旅行中に、バッタリ加々美と出会って。半ば拝み倒されるように伊崎が監督するＣＭ撮影の現場に行き、本番前の『スタンド・イン』をやる羽目になった。

そういう意味では、確かに、伊崎と尚人は初対面ではなかったが。それはあくまで、関係者以外は知ることのない超オフレコであった。

伊崎と尚人が直接言葉を交わすこともなかった。――はずだ。

なのに。

伊崎は尚人と目が合うなり。

自分から声をかけて周囲の度肝を抜き。それで、尚人が。

『よぉ』

『こんにちは』

きっちりと大人対応で頭を下げると。それだけでは満足せずに自ら尚人に歩み寄り、何事かと困惑して固まった尚人の携帯電話に勝手に自分のアドレス登録をするという、信じられない暴挙に出たのである。

そして。最後に。

『これで、俺はおまえのお友達だ。よろしくな』

などと、平然とほざきやがったのだ。

業界の偏屈度ワースト3には確実にランク・インすると言われている伊崎が、一介の高校生相手に、まさか、そんな、あり得ねーだろ――的なパフォーマンスをブチ上げて、雅紀を含めた周囲は呆然として絶句した。

(あー、クソ。今思い出しても腹が立つ)

――雅紀であった。

いっそのこと、スタジオを出たらソッコーで消去してやろうか……とも思ったのだが。生レコの余韻《よいん》が醒《さ》めないのか、尚人がわずかに上気したままの顔で言った。

——伊崎さんってもっと怖い人なのかと思ってたけど、意外にお茶目なとこがあるんだね。ちょっとビックリした。

伊崎のあれをお茶目呼ばわりにできる強心臓は、たぶん、尚人くらいなものだろう。それで、すっかり毒気を抜かれてしまったのだ。

「——で？　仕事は忙しすぎて休む暇がないほどハード・ワークみたいだけど、プライベートのほうはどうだ？」

どうせ聞かれるだろうな、とは思っていたのだが。

「まぁ、相変わらずです」

雅紀のトーンは一気に落ちた。

「どっちかっていうと、場外乱闘ぎみですけど」

事件以来、病院でリハビリ中の慶輔《けいすけ》だが。いずれ退院ともなれば、またぞろスキャンダラスな展開になるのは一目瞭然《りょうぜん》だった。

その慶輔の最新状況がスポーツ紙にスッパ抜かれたのは、一週間前である。車椅子《くるまいす》に乗り、介護士に肩を借りなければ一人で歩けないらしいその姿は、いろいろな意味で世間を騒がせた。

実父に刺されても死ななかった悪運の末路、とか。

天罰は違う形で降ってきた、とか。

家族との和解などあり得ないだろう、とか。

ある意味、同情論など皆無に近い言われ放題だったが。世間の関心と興味は、それとは別のところにあった。

それから、三日後。真山千里《まやまちさと》が銀流社《ぎんりゅうしゃ》のウェブサイトで爆弾告白《コメント》を発表したからだ。

慶輔が脳卒中の後遺症で半身麻痺《まひ》とは別口で記憶障害を患っていること。記憶が混乱しているせいで言動があやふやになっていること。退院後の面倒は千里が愛情と責任を持って見守ること。……などなど。

要するに、慶輔をそんなふうにしたのは拓也《たくや》に責任がある。あくまで、それを強調したいらしい。

たとえ、親子といえども篠宮《しのみや》家からそれなりの謝罪があるべきで、責任の所在を明確にしない限り和解などあり得ない。それよりも何よりも、覚えてもいないことで慶輔をあれこれ責めるのは可哀相。

――と、言いたかったらしい。

先の独占スペシャルでの千里の発言もそうだが。千里が何かを言うたびに、自分で傷を抉《えぐ》って大きくしているとしか思えなくて。何かもう、いっそ笑えてしまった。

「おまえは、親父さんが記憶障害になってるってことは、知ってたのか?」

「俺が仕事で家を空けてるときに、留守電に気色悪いメッセージが入ってるって、弟たちが言うんですよ。あいつが死んだおふくろの名前を呼んで、なぜ電話に出ないんだとか、まだ帰って来てないのかとか、どうして病院に来ないんだとか」

とたん。加々美が痛そうな顔をした。

「それで、なんなんだって思ってたら、伯父から、あいつの頭から十年分の記憶がごっそり抜け落ちてるって聞かされて。さすがに絶句……でした」

「じゃあ、もしかして……」

「あいつの頭の中じゃ、俺はまだ小学六年生だそうです」

加々美は長々とため息をついた。いや……ため息しか出なかった。

(そりゃあ、身内にしてみれば痛すぎる話だよな)

雅紀たちにとっては苦痛と忍耐の十年間だったのに、父親はそれをすっかり忘れてしまっているのだとしたら。憤激の十年間を、あっさりなかったことにされてしまったら。憤りを通り越して、頭もグツグツに煮えるだろう。

しかも。父親はなぜ拒絶されるのかまったく自覚がなくて、とうの昔に自分が切り捨ててにしてしまった者たちをまだ家族だと思い込んでいるのだとしたら。それはもう、悲劇というより笑えない衝撃というほかにない。たとえ、自業自得の因果だったとしても。

「それで、あいつが、退院後は千束《ちづか》の家に戻りたがってるっていう話になってくるんですけど

「……」

「それって……」

——ものすごくヤバイんじゃないのか。

加々美がその言葉を呑《の》み込むと。

「あいつ、本気で戻れると思ってるみたいなんですよ。ホント、あまりにもバカバカしくてあり得ない話なんですけど。伯父が、あいつのやったことを……喪った十年間のことを話して聞かせてやっても、あいつ、覚えてもないことでどうしていつまでも自分を責めるのかって、逆ギレしたらしいんです」

その話を明仁《あきひと》から聞かされたときには、本当に開いた口が塞《ふさ》がらない状態だった。明仁的にも、慶輔が千束の家に電話をして尚人たちが不安がったりするのではないかと心配で、雅紀に連絡をせずにはいられなかったに違いない。

「……て、いうか。あいつ、自分がどれだけ最低のクソ親父だったとしても、それは記憶にない過去のことで、今の自分じゃない。そう言い張ってるっていうか。そこのところをきちんと説明すれば、俺たちが折れるに違いないって思い込んでるっていうのが笑えるんですけど」

少しも笑えない口調で、目で、雅紀はわずかに口の端を吊《つ》り上げた。

「あの頃の俺って、自分で言うのもなんですけど。ものすごく物わかりのいい、手のかからない、大人受けのする優等生タイプの小賢《こざか》しいガキでしたから。そこで思考停止になっているあいつにしてみたら、話せばわかる……丸め込めるとでも思ってるんでしょうね、きっと」

本当に、バカバカしくて話にもならないが。

だから、明仁に言った。

——これ以上ゴネるようだったら、俺が行ってケリを付けてもいいですよ？

そのほうが簡単なように思えたからだ。妄想と現実のギャップを埋めるには、きちんと真実を認識してもらうしかない。

今の雅紀を見れば、慶輔も、自分がどれだけ甘い幻想を抱いているかわかるだろう。いや
——嫌でもわからせてやるだけだが。

明仁は、一瞬黙り込み。そして。

——もしかしたら、それもあり得るかもしれんな。

重い口調で言った。

なのに。それから二日後には、慶輔が堂森《どうもり》の実家に行ったことがスポーツ紙に掲載されたのだった。

「だから、俺もそれなりに対処しようと思っていたら、あいつ、狙《ねら》いを祖母にロックオンしちゃったってとこですかね」

まさか、そうくるとは予想もしていなかったが。それは、明仁にとっては慶輔が千束の家に戻ることよりも許せない行為であったはずだ。

「退院後は愛人と暮らすんじゃねーのか?」

ウェブサイトには、自信満々でそう書いてあったが。雅紀が明仁に聞いた話とは、まったく違う。

「二人がバカップルだった頃とは違って、そこらへん、ギャップがあるみたいです」

「記憶をなくしても愛情は冷めない……とか書いてあったけどな」

「もう一度、真実の恋をする——ですか? それこそ、あり得ねーと思いますけど」

運命の男と女。

出会うべくして出会う必然。

本気でそんなことを信じているらしい、ある意味、自分で自分の言っていることに酔っている千里が滑稽《こっけい》すぎて笑えない。腐った頭には妄想という名の蛆《うじ》が湧《わ》いているのにも気が付かないのだろう。明仁からの伝聞では、慶輔は千里との過去をなくしたせいで恋愛妄想からはドロップアウトできたらしいが。

「けど、祖母《ばあ》ちゃんが面倒を見るって決まったわけじゃないんだろ?」

夫を亡くすきっかけになった元凶を、家に迎え入れる。それは、愛人とよりを戻すこと以上に無理がありすぎるように思う加々美であった。

「ぶっちゃけ言ってしまうと、祖母にとって祖父は他人だけど、あいつは腹を痛めて産んだ息子……みたいです」

雅紀がそれを口にすると、加々美は露骨に顔を引き攣《つ》らせた。

「母親って、そこまでできるもんか？」

「そうなったら、祖母は総スカン食ってあいつと沈むしかないでしょうけど」

物騒極まりない台詞《せりふ》をサラリと吐いて、雅紀は刺身に手を伸ばした。

慶輔という疫病神《やくびょうがみ》と心中してもいいと、本気でその覚悟があるのなら、それはそれで母性の鑑《かがみ》と言えるのかもしれないが。

「おまえは、そこまで冷淡に割りきれるのか？」

あえて、加々美が問う。

家族という絆《きずな》は、他人にはわからない奥深さがある。

愛憎、執着、依存、無関心……。他人であれば許せても、肉親だからこそ許せない。そういうドロドロとした感情も。

「二者択一ですから。どちらかを選べば、片方は捨てるしかないでしょう。それって、決断っていうより覚悟の問題だと思います」

「……手厳しいな」

本音でそれを思う加々美であったが、護りたいこととイコール喪えないことではない現実は確かにある。

人間というのは、突き詰めれば、自分ルールの優先順位で物事が成り立っているようなものである。

「この先、あいつがどこで誰と暮らそうと、俺たちにはどうでもいいことですから」

言いながら、雅紀の顔にはまだ曇りがあった。

「けど、まだ心配事は残ってるって顔だな」

雅紀は、わずかに上目遣いでそれを肯定した。

ある意味、雅紀の口は非常に硬い。

出会った頃の雅紀が、ドライを通り越して異様に冷めて見えたのには家庭の事情という理由があった。——から、だけではない。

雅紀にとって、加々美が信用に足る人物ではなかったからだ。

多感な思春期を、まだ親の庇護《ひご》下にあって当然の時期を、雅紀は金銭的にも精神的にも一人で家族を支えていた。子どもとしての甘えが許されない、大人の顔をして。それが自分の役目であると思っていたに違いない。

しかし。そこまで頑張らなくてもいい……とは、言えなかった。口にすること自体、無責任であるような気がしたからだ。

雅紀をこの業界にスカウトしたのは加々美だ。それも、足繁《しげ》く通い詰めて口説き落とした。その責任が自分にはあると、加々美は思っている。むろん、それだけではなく、雅紀という個性に惚《ほ》れ込んだからだが。

だから。時間さえあれば、雅紀をいろいろなところに連れ回した。食事をして、演劇を見て、業界のことは何ひとつ知らずに足を踏み入れた雅紀に積極的にアドバイスをした。必要不可欠な基本はもちろんのこと、一見して無駄に思えることも。

感性を磨く選択肢は多いに越したことはないからだ。

容姿だけで食っていけるほど、モデル業界は甘くない。生き残るには、別の付加価値がいる。そのことを、加々美は雅紀に教えたかった。

そうすることで、今の加々美と雅紀の関係がある。それで思ったことは、雅紀には少なくとも溜《た》め込んだモノを吐露するための捌《は》け口《ぐち》が必要なのだということだった。

たぶん。同世代の者たちにはできないことが、見えないモノが、加々美には見えるし、できる。それは、経験と分別という年代の蓄積があるからだ。

雅紀の親代わりをしたいわけではない。

そんなことを雅紀が望んでいるわけはないのだし。ただ、強い目でひたすら前を見据《みす》えている雅紀に信頼される存在になりたいとは思った。対等な意味で。

強引なくらいでちょうどいい、お節介。その距離感。そうすることが苦ではなく楽しいと思える気持ちが最優先だったが。

少なくとも、今は、そういう関係に近付けたと自負している。

——と。

「もしも、十年間音信不通だった奴から突然電話がかかってきて、相談したいことがあるから会ってくれないかって言われたら。加々美さんなら、どうします？」

えらく真剣な顔で問われて。

「それが金絡みなら、ソッコーで断る。身の上相談なら、やんわり辞退する。そのほかのことだったら、電話で済ませる」

加々美なりの意見を口にする。

「要するに、会いたくないってことですか？」

「十年間、音信不通だったんだろ？　なら、とりあえずは友達の範疇外《はんちゅうがい》……だからな。つーか、それ以前に、なんで自分の電話番号を知ってるのかって、まず、そっちのほうが気になるんじゃないか？　そういうのって、なんか普通に気持ち悪いだろ」

「まぁ、そうですよね」

「なんか、訳あり？」

「――従兄弟《いとこ》なんです」

「…って、父方系の？」

それがすぐに思い浮かぶほどには、マスコミの取り上げ方はひどく偏っていた。なにしろ、マスコミの狙いはあくまで、こういうときでもなければ絶対に一枚のフレームには収まらないだろう美形四兄妹弟《きょうだい》であって、葬儀の主役であるはずの祖父の扱いすらぞんざいであった。

「そうです」

「そりゃ、適当に無視もできねーな」

そこらへんは微妙な――いや、デリケートすぎる問題だろう。

「名指しされたのが俺だったら、話はもっと簡単なんですけど」

「もしかして、尚人君？」

雅紀は目で頷いた。

「祖父の葬儀でホントに久々に顔を合わせただけで、別に積もる話があったわけじゃないですし。その後の会食も、俺たちはパスしたんで。だから、それっきりだと思ってたところに、いきなりそういう電話がかかってきた……みたいな」

「尚人君は、どうしたいって言ってるんだ？」

「せっかく電話をくれたんだから、会うだけ会ってみるって」

「けど、おまえは反対なんだ？」

「駄目出しなんか、しませんよ。ただ、心配なだけっつーか」

「なんで？」

「いっとき話題になったんで、加々美さんもたぶん、覚えてると思いますけど。翔南《しょうなん》高校で、例の自転車通学の男子高校生ばかりを狙った悪質な暴行事件の被害者が上級生を刺した事件、あったでしょ？」

「あー。暴行事件の被害者が傷害事件の加害者になったってやつだろ?」

「そうです。事件のショックで引きこもりの不登校になってたそいつを登校できるように手助けしてやったのが、ナオだったんです」

加々美は小さく目を瞠《みは》る。そういうことまでは報道されなかったからだ。

「それで、何を勘違いしたのか、そいつは自分の気持ちをわかってくれるのは同じ暴行事件の被害者であるナオだけ……とか勝手に思い込んで。その言動が目に余るっていうんで、ナオの親友がそれを諌《いさ》めたら、逆ギレしてハサミで刺した。つーのが真相なんですけど。その刺された現場をリアルに目撃して、ナオの奴、ショックでブッ倒れたんです」

雅紀の口調が淡々としている分、語られる真実がより生々しく感じられて、加々美はただ息を詰めた。

「俺も裕太《ゆうた》もそういうのを見知っているもんだから、心配なんですよ。従兄弟に会って相談なんかされたら、そんときの二の舞になっちまうんじゃないかって」

二の舞?

――何が?

加々美がそれを問う前に。

「従兄弟の父親、祖父の死に責任を感じてるらしくて。今、ドン底らしいです。マスコミって容赦ないですから。精神的に相当ひどくまいっちゃってるみたいで」

雅紀が吐露した。

（……そういうことか）

雅紀が危惧《きぐ》している本質の意味が、加々美にもようやく納得できた。

（ただの赤の他人と違って、従兄弟だからなぁ。尚人君だったら、そりゃ、無下《むげ》に断ったりできないだろうな）

実際に尚人に会ったのは、たったの二回だが。それ以前に、雅紀の口から弟への想い——それって過保護を通り越してただの兄バカもいいとこじゃねーか？——的な溺愛ぶりをさんざん聞かされていた加々美は、初めて会っても初対面という気がしなかった。

いや……。今どきの高校生とは思えないほど素直で成長ホルモン出まくりのギラギラしさとは無縁の清々《すがすが》しさにコロリとやられてしまった。

十七歳の男子高校生に保護欲を感じてしまうのは、いかがなものか？　それ以前の問題であるような気がした。

弟には家のことをまかせっきりで、いろいろなことを我慢させてきた。もう二度と金の苦労だけはさせたくない。だから、スケジュール帳が真っ黒になっても頑張れる。それが雅紀の嘘偽りのない本音だと、加々美は知っている。

そういう背景を知らない者には、尚人は親の愛情でくるまれて、なんの苦労も知らずに育ってきたように見えるだろう。雅紀とは別の意味で、尚人もまた早々と大人にならざるを得なかった子どもなのだ。

だが。それを見知っている者にとっては、尚人は、ある意味痛々しいほどに無垢《むく》であるように見えた。だからこその庇護欲——だったりするのかもしれない。

「ぶっちゃけ、俺と裕太は性格がヒネてねじ曲がってるって自覚があるせいか、ナオに対して愚痴《ぐち》のサンドバッグにしてたっていう負い目があるんです。結局、兄弟だから許されるっていう甘えなんでしょうが。だからもう、ナオにはそういう思いはさせたくないんですよ。従兄弟だからって、変に関わってほしくないっていうのが、俺の本音です。でも、ナオにはナオの考えがあるんだから、それをナオに押しつけてしまうのは単なるエゴでしょ？」

「それ……言ったのか？　尚人君に」

「言えませんよ。そんなの、兄貴としての面目丸潰《まるつぶ》れじゃないですか。兄バカでもなんでも、俺は弟の前では最大限カッコつけときたいんで」

弟たちの前では、常にクールで頼りがいのある大人な兄でありたい。だからこそ、弱みも甘えも許されないと思っているのが丸わかりなのだ。加々美の目には。

だから、可愛い。

それを口にしたら。きっと。

——加々美さんの目、腐ってるんじゃないですか？

雅紀は盛大に顔をしかめるだろうが。

実際に、高倉には。

――あの『MASAKI』を可愛い呼ばわりにできる物好きは、おまえだけ。

呆れたように言われ。

――そういうおまえのふてぶてしさがムカつく。

伊崎にも言われた。

「でも……。たぶん、おまえが思ってる以上に、尚人君はしっかり自分ってものを持ってると思うぞ？」

おそらくは。なんと言っても、これだけ雅紀に愛されているのだから。なにより、雅紀の背中を見て育ってきたはずだから。

できること。

できないこと。

その線引きはきっちりできているに違いない。

「そう……ですかね」

「そうそう。だから、おまえは、いつものようにでーんと構えてりゃいいんだよ。自分の後にはちゃんと自分を支えてくれる者がいる。それだけでも勇気百倍だからな」

すると。雅紀が口元を綻《ほころ》ばせた。

「ありがとうございます。俺も、こうやって愚痴をこぼせることができて勇気百倍です」

「おぅ。いつでも、なんでも、ドーンと来い」

加々美がニンマリ笑うと。

「じゃ、さっそく。ふぐ刺しをドーンとお願いします」

雅紀が真顔で言った。

(おい。それってぜんぜん別次元の話だろ)

加々美は呆れたように内心でつぶやいて、ビールをグイッと呷《あお》った。

《＊＊＊　約束　＊＊＊》

カラリと晴れ上がった日曜日。

鮮やかに色付きはじめた街路樹も含めて、どこもかしこもくっきりと見えるのは、昨夜まで降っていた雨が埃《ほこり》っぽさをすべて洗い流してくれたせいだろう。

だが。吹き抜ける風はずいぶんと冷たく感じる季節になってしまった。

午後二時。

零《れい》との約束の場所――再開発され綺麗《きれい》に整備されて大型商業ビルが立ち並ぶ駅前の広場に、待ち合わせ時間の十分前に着いた尚人が物珍しさについキョロキョロとあたりを見回していると。背後から、

「尚君」

いきなり声をかけられ、ハッと振り向くと。そこには、零がいた。

「あ……こんにちは」

「……どうも」

零と会うのは祖父の葬儀以来である。

あのときは二人とも制服姿だったが、今日は私服だ。そのせいか、二人してついマジマジと凝視してしまう。

そして、ほぼ同時にプッと噴いた。

「なんか、見慣れないよね」

「そうだね。昔とは違うから」

それで、久しぶりの挨拶は終わった。

「昼飯は？　零君は？　食った？」

「軽く。零君は？」

「俺は、十時くらいに食っただけ」

「じゃあ、どっかに入る？」

尚人は軽い気持ちで言ったのだが、零は少し黙り込んで。

「それより、テイクアウトで公園でランチってのは、どうかな？　いい天気だし」

——言った。

それで察してしまった。零の相談事というのが、あまり人には聞かれたくない——静かなところでじっくり話したい類《たぐい》のものなのだろうと。

「いいよ」

零が指差した公園は道路を挟《はさ》んだ真向かいにある。

二人はハンバーガー・ショップでセットメニューを買い、公園に行くと、木陰になったベンチに座った。

公園といっても子どもが遊ぶような遊具はなく、見通しよく植えられた木と整備された花壇と休憩用のベンチが置かれただけだが、天気がいいこともあってか、尚人たちと同じようなランチ組もけっこういた。

「ホント、今日はいい天気だよね」

バーガーを一口齧《かじ》って、尚人が言う。ここに来るまで零が黙り込んだまま何もしゃべらないから、やけに沈黙が重くて。会話のきっかけというのも、けっこう重要なポイントであった。

零はフライドポテトを何本か摘んで食べ、アイスコーヒーを一口飲んでからようやく口を開いた。

「あのさ。尚君、すんなり出てこられた?」

「えーと、それって……どういう?」

聞かれた意味がよくわからなくて、問い返すと。

「俺ン家、マスコミがしつこくウロついてるから」

(あー……そういうこと?)

もしかして、雅紀に何か言われたのではないか?

それを聞かれるのではないかと、チラリと思ったりもしたのだが。零の心配事は別にあったようだ。

——と、いうより。尚人的には、そういう心配はまるでなかった。さすがに、拓也が死んだときにはマスコミがドッと押し寄せたが、すぐに引いた。

それは、何かにつけて雅紀が矢面に立ってくれているからだ。だからといって、雅紀がマスコミの思い通りになることなど滅多にないが。尚人たちに対する抑止力という点においては、絶大な効果があった。

今回、慶輔の退院にまつわる一連の騒ぎでもそうだった。マスコミはなんとか雅紀のコメントをもぎ取ろうとまとわりついていたが、千束の家にまで押しかけてくる連中はいなかった。

だが。零のところは違う——らしい。

「もう、うんざりするほどしつこくて。一瞬、自転車で轢《ひ》いてやろうかと思った」

ボソボソとしゃべる声には、隠しようのない苛立《いらだ》ちが滲《にじ》んでいた。尚人にも覚えがあるが、零ほどの切迫感はなかった。

（大変だよなぁ）

こんなことに悪慣れしている尚人の感覚がズレているだけなのかもしれないが。

「尚君とこは、どう？」

瞬間、ためらって。

「今更、千束の家に張りついてもしょうがないって思ってるんじゃないかな」

正直に答える。零相手に、今更隠すようなことでもない気がして。

マスコミというのは、美味しいネタを荒探ししてナンボ……の世界だから。そういう意味では、すでに自分たちのプライベートは根こそぎ丸裸も同然である。

アイスコーヒーの入った紙コップを握りしめたまま、零の視点は一点に据えられたまま動かない。

「それって……やっぱ、雅紀さん効果？」

「……たぶん」

零はストローに口を付けると、頬をすぼめてアイスコーヒーを吸った。

「尚君、覚えてる？　小学生のとき、祖父《じい》ちゃん家《ち》の裏山に二人で行ったこと」

「うん。鳥のヒナ、可愛かったよね」

雅紀にも内緒の、尚人にしてみれば初めての大冒険だった。

結果は——登った木から下りられなくなり、あわや遭難しかけて皆に多大な心配をさせてしまうという非常に残念なことになってしまったが。零と二人で、あれこれ話をしながらの道のりはとても楽しかった。雅紀とは違う、同じ目線で零と話ができるということが新鮮に思えた。

「あのとき……。祖父ちゃんに怒鳴られて二人して大泣きだったとき、雅紀さんが庇《かば》ってくれたよね。雅紀さんが俺たちの代わりに『ごめんなさい』って言ってくれたから、祖父ちゃんもそれっきり何も言えなくなって……。俺、あのとき、雅紀さんみたいになりたい……とか、本気で思ったんだよね」

尚人はわずかに目を瞠る。

自分にとっては雅紀に庇われることが日常生活の一部になっていたから、そんなことを考えたこともなかった。

「今は、さすがにそれは無理っつーか、思うこと自体、無謀なチャレンジャーだってわかってるけどさ。でも、あのときは、こんなふうに無条件で弟を庇うことができる強い兄ちゃんになりたいって、思ったんだ」

（そうなんだ？）

――知らなかった。

零は雅紀と同じ長男だから、雅紀とはまったくタイプは違っても、尚人にはわからない『長男気質』というものがあるのかもしれない。

「俺ン家、今、メチャクチャ空気が重くてさ」

バーガーを一口囓って、零が言う。

――瞬間。ドキリとした。話のトーンがいきなり変わったからだ。

「親父、祖父ちゃんが死んだ責任感じて鬱《うつ》になっちゃうし」

嚙《か》んで呑み込んで、更に言う。

智之《ともゆき》が重度の鬱になっているらしいことは、雅紀に聞いていた。

――と、いうより。尚人が智之の様子を聞かなければ、雅紀は自分からはそれを話題にしようともしなかっただろうが。

「俺も瑛《あきら》も、学校じゃあれこれ言われ放題だし」

二口目を食べて。

「ンで、この間、瑛が部活で喧嘩《けんか》して謹慎処分」

三口目を食べる。

「もしかして、このまま不登校になっちまったらどうしようって、おふくろが悩んでるときにスポーツ紙にスッパ抜かれて……」

零がバーガーを一口嚙んで飲み込むごとに智之叔父の家庭が壊れていく様が見えるようで、尚人は胸が痛くなった。

「あのあと明仁伯父さんから電話がかかってきて、おふくろ、ヒステリー丸出しで怒鳴ってた。……で、号泣。あんなおふくろ見たの、初めて」

尚人はモソモソとポテトを嚙る。そうでもしていないと、なんだかやりきれなくて。

そして。バーガーを全部食べきって。

「俺……どうすればいいのかな?」

零がボソリと言った。

「何にもできないんだよ。なんとかしたいと思っても、なんの役にも立たなくて……。何をどうすればいいのか、ぜんぜんわかんないんだよ」

少しも激したところのない、むしろ淡々とした零の言葉が——痛い。すごく痛くて、胸が潰れそうだった。

「周りの騒音を無視することはできても、頭の中は雑音だらけって感じ」

零の言う雑音が答えの出ない自問なのだと思うと、尚人は、かつては自分もそうだったことを思い出さずにはいられなかった。

溜《た》め込むだけ溜め込んで、吐き出せない——苦しさ。

無力感に打ちひしがれるしかない——辛《つら》さ。

零が抱えているだろう苛立ちと焦りが、よくわかる。

「雅紀さんが俺と同じ歳の頃には、もう、一人で家族を支えて死ぬ気で頑張ってたんだと思うと、なんで……どうして、雅紀さんにできたことが俺にはできないんだろうって。悔しくて。苛ついて。泣けてくる」

なぜ。

どうして。

何が。

どう。

——違うのか。

桜坂《おうさか》も言っていた。当時の雅紀とはたった一歳しか違わないのに、雅紀に比べたら自覚も覚悟もまったく足りない——と。

(ホント、スゴイよね、まーちゃんって)

零にとっても桜坂にとっても、たぶん、雅紀はひとつの指針なのだ。ただの憧《あこが》れとは違う、明確な——目標。それが実兄であることが、尚人は今更のように誇らしく思えた。

「だから、聞いていいかな?」

「……何を?」

「尚君たちがドン底だったとき、尚君、どうやって乗り越えてきたわけ?」

零の目が、尚人を直視する。

「周りがみんな敵に見えちゃったこと、ない? なんで自分がこんな目に遭わなくちゃならないんだろう……とか。こんなの絶対に不公平だって……ムカついて誰かに八つ当たりとかしたくなかった?」

本音でしか吐露できない事実が重い。

こんなところで、こんなふうに尚人に弱音を吐く自分が、みっともなくて嫌になる。

それでも。誰かに……ではなく、尚人に聞いてほしいと思う。

従兄弟、だから？

――違う。

たぶん……。

弟の瑛にも吐けない弱音が頭の中で腐りきってしまう前に、どうにかしたいという切実な欲求があって。尚人ならば、そういう気持ちをわかってくれるのではないかと思ったのだ。

それが完璧《かんぺき》な思い込みだったとしても、零には、溜め込んだモノを吐露できるような友人すらいなかった。

瑛と違って、もともと社交的とはいいがたかった。一人でいることが苦にはならなかったから、他人に合わせて無理に群れたいとは思わなかった。そうしているうちに、零は友人を作るきっかけを失ってしまったのかもしれない。

――たぶん。祖父の葬儀で尚人たち兄弟と再会しなければ、零は気付きもしなかっただろう。自分が孤独であることにすら。

そして。思い出した。幼い子どもの頃には、ありのままに自分をさらけ出せる相手がいたのだと。

そう思った、とたん。衝動が突き上げてきた。

尚人と、もう一度話がしたい。

会って、じっくり話がしてみたい。

そして。本音で聞いてみたい。家庭環境が劣悪になったときに、それをどうやって乗り越えてきたのかを。

「すっごい無神経なこと言ってるのはよくわかってるんだけど。俺……聞きたいんだ。いったいどうやったら、尚君みたいに自然体でいられるのかを」

自然体……。

そんなことは、初めて言われたような気がする。

(零君には、そんなふうに見えるんだ?)

甘い夢は見ない。変な期待はしない。出過ぎたことはしない。諦《あきら》めることに慣れている。傷つくのが恐いから……。

ずっと、そう思っていた。雅紀に、疎まれていないと知るまでは。

だから。もし、尚人が『自然体』に見えるとしたら、それは、たぶん、自分に自信が持てるようになったからだろう。

裕太に、必要とされている自分。

雅紀に、愛されている自分。

自分のことが好きになれる……自分。

零がただの興味本位でないのは、よくわかるが。尚人の経験談が零へのアドバイスになるとも思えない。零と尚人では、ドン底の状況がまるで違うからだ。

たぶん。零にもわかっているのだろう。

閉塞感《へいそく》と切迫感で身動きが取れなくなってしまっている状況をどうにかしたいと思っている零にとって、尚人が語ることで少しでも気が軽くなるのなら、それはそれで意味があるのかもしれない。

——が。

それでも。

やはり。尚人にとっては、あの頃のことはいまだに癒えることのない傷だった。ようやく塞がりはじめた瘡蓋《かさぶた》を、いくら零の頼みでも、自分で引っ掻く気にはなれなかった。

雅紀にも、はっきりとクギを刺された。安請け合いはするな——と。

桜坂に、雅紀が剣道を辞めた理由を聞かれたときとは違う。零が望んでいるのは、もっと、ずっと深いところでの真実だった。

「零君」

強すぎる零の眼差しに怯《ひる》むことも臆することもなく、尚人は正面から見返した。

「零君が一人で頑張らなくてもいいんだよ?」

尚人の言葉に、零はハッとした。

「頑張りすぎるとね、一人で空回りしちゃうから」

荒れて引きこもる裕太への対応が、まさに、そうだった。

雅紀も沙也加《さやか》もそうそうに匙《さじ》を投げてしまったから、よけいに、自分がなんとかしなければ……との思いが強すぎて。結果的には、一人で空回ってしまった。

一人で空回る虚しさを、尚人は嫌というほど知っている。それが、どれほど惨《みじ》めな気持ちであることかも。

謹慎処分になってしまったらしい瑛が、今、どういう状態なのかは知らないが。零一人の頑張りでどうにかなるものでもないだろう。

不幸は連鎖する。

そんな言い方は嫌いだが、歯車が嚙み合わなくなってしまうとあちこちに軋《きし》みが出てくるのは本当のことだ。それを力任せに元に戻そうとしても、戻らない。よけいに軋んでヒビが入ってしまうだけだ。

「たぶん、零君にも瑛君にも、今は時間が必要なんだと思う」

尚人には、それしか言えない。

父親が不倫して家を出て行ったときには、変な話だが家族としての結束力みたいなものを強く感じた。

――こんなことで、自分たちは負けない。

――こんなときだからこそ、みんなで頑張らなければ。

その思いが強すぎて、そこから裕太が落ちこぼれてしまったとき、目には見えない亀裂《きれつ》が広がり始めた。

そして。それは、母親が自死したことで決壊した。

母親の死によってバラバラになってしまった自分たち兄弟の心がとき解れてその関係が再構築できたのは、つい最近のことだ。それだけの時間がかかった。

傷は、そう簡単には癒えない。

特効薬もない。

「あーしたらいい、こうしたほうがいい……なんて、俺には言えないけど。でも、零君が話をしたいときは、聞くよ？　聞くことしかできないけど」

尚人の本音である。

「それでも、いい？」

頑張りすぎない選択。

零にとって、それはそれで、もどかしくて苛立たしいだけの選択かもしれないが。自分は決して独りではないのだと思うことで、小さな光明が見えてくる。

尚人が幸運だったのは、篠宮家のスキャンダルなど誰も知らない翔南高校で、桜坂たちと出会えたことだ。そのスキャンダルが思わぬ形で発覚してしまっても、桜坂たちが以前と変わらない態度で接してくれたことだ。

自分は独りじゃない。

そう思えることの、ささやかな幸せ。

十年ぶりに再会した従兄弟が、こんなふうに尚人に弱音を吐かずにはいられないことも、ある意味、人生の巡り合わせというやつなのかもしれない。

大人には、大人の事情がある。

だったら。子どもには子どもの都合があってもいいのではないか。

そんなふうに思えるのも、自分たち兄弟はそれぞれの葛藤《かっとう》を乗り越えて新しい家族としての絆を手に入れたからかもしれない。

「俺は独りじゃない。そう思ってもいいってこと？」

しばし黙り込んだままの零が、どこか掠《かす》れた声で言った。

自分の言いたかったことが、ちゃんと零にも届いている。それを思い、ニコリと尚人が頷くと。

「ありがとう、尚君」

零は小さくため息をついて。

(なんか、俺、すっごくカッコ悪いよな。俺のほうが年上なのに……。やっぱ、経験値が違うってことなのかな。あー……でも、尚君と話せてちょっとだけ気が楽になったかも。ただの気のせいかもしれないけど)

一気にごくごくとアイスコーヒーを飲み干した。

§§§§　　§§§§§　　§§§§§　　§§§§§

「ただいまぁ」

夕方、尚人が家に戻ってくると。そこには、

「お帰り」

「どうだった?」

雅紀と裕太が二人して待ち構えていた。

帰りの電車の中で、尚人は、時間も時間だし帰ったらすぐに晩飯の支度をしなくちゃ……と思っていたのだが。どうやら、それは後回しになってしまいそうなほど、二人は真剣な顔つきだった。

とりあえずバッグを床に置いて、いつもの定位置に座ると。裕太が、尚人のマグカップにお茶を注いで目の前に置いた。

(わ……。サービスよすぎ)

尚人が思わず目を瞠ると。

なんか、文句ある？

——とでも言いたげに、ジロリと睨《にら》まれた。

（いいえ、なんにも）

それを言う代わりに。

「ありがと」

まずは喉を潤す。

「……で？　なんだって？」

尚人がマグカップをテーブルに戻すと同時に、雅紀が言った。

「零君とこ、今、大変みたい」

「……だろうな」

「智之叔父さん、そんなに悪いわけ？」

その手の情報番組など見なくても、それくらいはわかる。実際、祖父の葬儀のときにはもう、普通ではなかった。

明仁と智之に会うのは約十年ぶりだったが、同じ沈痛な顔つきでも、智之の顔はしんなりと蒼《あお》ざめて引き攣っていた。

かろうじて立っている。そんな感じであった。

ある意味、それは裕太にも馴染《なじ》みがあった。体調を崩して寝込んでしまう前の母親のそれと酷似していたからだ。

むしろ、智之のほうが重症だろう。

夫が不倫をして家族を捨てる。ありがちと言ってしまえばそうなのかもしれないが。その事実を受け入れられなくて途方に暮れるのと、拓也が慶輔を刺す現場に居合わせてその果てに拓也が死んでしまうのと、いったいどちらがショッキングかと言えば、それは智之だろう。実害はなくても、一生心に深い傷が残るに違いない。

だが。同情はできても、ただそれだけだった。肉親とはいえ、あまりにも疎遠すぎて、言ってしまえば余所事《よそごと》……だからだ。

だから、本音の部分で、今回のことは気に入らない。

――いや。自分の家の事情に尚人を巻き込もうとする零に腹が立つ。

「……だけじゃなくて。零君たち、学校でいろいろ言われてるらしいんだよね。具体的に何を言われてるのかはわからないけど。瑛君、それで喧嘩して謹慎処分だって。それで、このまま不登校になってしまうんじゃないかって、心配してる」

「ふーん……。どこかで聞いたような話だな」

当てこすりには遠い口調だったが、身に覚えのある裕太は。

「一緒くたにすんなよ、雅紀にーちゃん。おれ、謹慎処分喰らったわけじゃねーし」

ブスリと漏らす。

「零君には我慢できても、瑛君にはできなかったわけだ？」

祖父にとっては不出来な孫だった零と尚人と、逆にお気に入りだった瑛と裕太。そのお気に入りだった二人が時期は違っていても揃《そろ》って同じようなパターンを踏んでしまったことに、雅紀はなにやら因縁めいたものを感じた。

（やっぱ、甘やかされて育つと、肝心なとこで我慢が利かなくなっちまうんだろうなぁ）

その祖父にしてからが、あんなことをしでかしてしまうのだから。その尻拭《しりぬぐ》いをさせられている身内は、どこにも八つ当たりのしようがなくて鬱屈するしかない。

身内の問題は身内で解決するしかないからだ。智之の病状は予測の範疇だったが、明仁の両肩には別口の重責がどっかりとのし掛かっていた。

なのに、諸悪の根源である慶輔が都合の悪い事実だけをすっかり消去してしまったという現実が、タチの悪いジョークそのものだった。

よけいなシガラミは切り捨てたつもりでも、予期しないことは起きる。そう、今回のことのように。

「でも、こういうことは自分たちで乗り越えていくしかないからな」

言ってしまえば、それに尽きる。

「うん。どうすればいいんだろうって聞かれても、俺、アドバイスなんかできないし」

「聞かれたんだ？　ナオちゃん」

「それだけ、零君もまいってるってことなんだろうけど」

「そりゃ、零君にしてみれば一度にいろんなことが雪崩《なだ》れ落ちてきたようなもんだから。頭がグルグル状態になってもしょうがない」

「……ていうか、零君、雅紀兄さんが自分と同じ歳でいろんな決断をしてちゃんとやれてるのに、自分は何もできてないって。そういうジレンマみたいなものがあるみたい」

「バッカじゃねー？　そんなモン、雅紀にーちゃんと比べたってしょうがないじゃん」

鼻息荒く、裕太がバッサリ切り捨てる。

「そりゃそうだけど……。でも、やっぱり、身近にそういう存在があったら、つい比べたくなっちゃうんじゃないかな。零君ってさ、昔から雅紀兄さんに憧れてたようなとこがあったし」

「そうなのか？」

初耳である。

――というか、零の存在自体が薄すぎて、あまり印象にないだけだと言ったほうがいいかもしれない。

「うん。零君、長男だからかな、雅紀兄さんみたいな兄ちゃんがいていいなぁ……って。あの頃、よく言ってた。雅紀兄さんって、カッコよくてなんでもできるヒーローみたいだって」

――と。

「零君、雅紀にーちゃんに夢見すぎ。十年間音信不通で、妄想だけが増殖しちまったんじゃねーの」

またもや、バッサリと切り捨てる裕太だった。

(なんか、やけにキツイよな、裕太の奴)

ただの錯覚ではなく。

(まっ、今回の件じゃ、もともと零君にいいイメージを持ってなかったこともあるしな)

雅紀だって、いくら従兄弟だとはいえ、尚人には他所《よそ》の家庭事情によけいな嘴《くちばし》は突っ込むな——と言いたいところである。

「それで、ナオはどうしたいわけ?」

「だから、零君が話をしたいときには聞くって言っておいた」

「聞くだけ?」

「そう。それだけでもずいぶん楽になるんじゃないかなって」

それは、実体験から来る教訓だろうか。

つい、穿《うが》った見方をしてしまう雅紀だったが。尚人が本気で零のことを心配しているのがわかっているから、駄目とは言えない。

ただ、小学生の頃の尚人と零の結びつきが、自分の知らない——思っていた以上にあったのだと再認識させられたような気がした。

「ナオちゃん、あんまり入れ込みすぎるなよ」

「やだな、裕太。俺、いくら従兄弟だからって、ボランティアで人生相談をやる気なんかないってば。ただ、家族のために何かしたいけど、何をすればいいのかわからなくて悩んでる零君がほっとけないだけだよ。だから、零君が話をしたいときに聞くだけ」

静かな口調で、きっぱりと告げる尚人だった。

自分ではない誰かのために、ちょっとだけ手を差し伸べることができる気持ち。野上《のがみ》のときには、あまり乗り気ではなくても断れない状況だった。そういうあやふやな気持ちがあったから、結局、桜坂まで巻き込んであいうことになったのではないかと、尚人は思っている。

「野上のときとは、違うから」

尚人がそれを口にすると、雅紀と裕太が小さく目を瞠った。

(あー……やっぱり、二人ともそれを気にしてたんだ?)

なんとなく、そんな気はしていたのだが。逆に、そんなふうに心配してもらえることが、なんだか嬉《うれ》しい。

「零君が相手でも、できることとできないことの境界線ははっきりしてるから。だったら、大丈夫かなって」

「――わかった」

そこまで尚人の気持ちが固まっているのなら、雅紀としても、何も言うことはない。

――おまえが思ってる以上に、尚人君はしっかり自分ってものを持ってると思うぞ?

不意に、加々美の言葉が思い出されて。

(やっぱ、俺ってナオのことになると、どうしても近視眼的になっちまうらしいな)

内心、苦笑が漏れてしまう雅紀だった。

《＊＊＊　エピローグ　＊＊＊》

ちゅ。
ンちゅ。
……くちゅり。
湿った卑猥《ひわい》な音《ね》が漏れる。重なり合った唇の端から。
舌を搦《から》めて。
口角を変えて。
キスを貪《むさぼ》るたびに……こぼれ落ちる。
ちゅり。
……ちゅり。
くちゅり……。
唇から、耳へ。そして、頭の芯《しん》をとろかすように。
微熱を伴って刺激する。ジワジワ……と痺《しび》れのさざ波が立つように。

髪を撫《な》でられて、鼓動が跳ね。
首筋をまさぐられて、こめかみが疼き。
背中をくすぐられて——吐息が上がる。
産毛《うぶげ》が逆立ち、毛穴が締まり、快感が皮膚を嘗《な》めていく。
そろり、と。
じわり……と。
喉が震え。
血が逸《はや》り。
瞼《まぶた》の裏が赤く染まって、ピクピクと引き攣れる。
いい。
……良《い》い。
すごく……好《い》い。
気持ちよくて思考が乱れ。頭の芯にノイズが走り。快感で足下が——揺れる。
ユラリ。
グラリ……。
トロリ………。
愉悦が、回る。

疼きが、巡る。

脳裏が——廻る。

（いや）
（ダメ）
（——墜ちる）

おぼつかなくなった足が震えて、腰がぐらつき、尚人は雅紀にしがみついた。

すると。耳元でクスリと雅紀が笑った。

「キスだけで、イッちゃいそうだな」

からかわれているのだとわかっていても、何も言い返すことができない。ドクドクと逸る鼓動が収まらなくて、息が詰まった。

「ここも……ヌレヌレ」

甘く囁《ささや》きながら、雅紀がパジャマごと股間《こかん》を握り込む。そうして、やっと、湿った股間の気持ち悪さに気付いた。

「自分で脱げる？」

いまだ整わない息のまま、尚人はぎくしゃくと頭を横に振った。

「じゃあ、ちょっと、手を緩めて。そんなに強くしがみつかれたままじゃ、ヌレヌレになったナオのパンツ、脱がしてやれないだろ？」

言われて、ようやく、自分が雅紀の腰に手を回したままなのを意識した。

なんだか、すごく……みっともないような気がして。尚人は、半ば強《こわ》ばりついたままの手をほどいた。

風呂から上がって部屋に戻ってくるなり、雅紀に抱きしめられてキスをされた。そうされるのが気持ちよくて、キスを貪られるままに引き摺《ず》られて、それだけでメロメロになってしまった。

縒《よ》れてフニャフニャになってしまった思考が元に戻っても、半ば快感に溺《おぼ》れきった足腰は怠《だる》く痺れて重い。

立ったまま、パジャマごと下着を引き摺り下ろされるのが気恥ずかしい。

いつもは素裸で雅紀と抱き合っているので、股間が先走りで濡《ぬ》れてしまっても、漏らしたという感覚はなかった。

けれども。キスだけで下着を汚してしまうと、なんだか自分がいかにもガッついているようで。夢精をしてしまったときと同じような羞恥《しゅうち》を感じてしまった。

それは、下着だけではなくすべてを脱がされて素裸のままベッドの端に腰掛けた雅紀に後ろ抱きにされると、また違った意味でドキドキになった。

尚人は抱き合うときに雅紀の顔が見えないと、なんだか不安になる。胸と胸が合わさり、下肢と下肢がピッタリ隙間《すきま》なく密着することで安心できるのだ。

雅紀の息が、鼓動が、情欲の証《あかし》が直《じか》に感じ取れて。自分だけが昂《たかぶ》っているわけではないと、実感できるからだ。

雅紀もそれを知っていて、いつもはキスを貪り合いながらそのままベッドにもつれ込むのが常だった。

なのに。

今日は、いつもと――違う。

……というより。尚人にとって、雅紀に後ろ抱きにされて膝《ひざ》の上に乗せられると、所謂《いわゆる》『お仕置きスタイル』の定番という刷り込みがどうしても抜けなかった。

「んー？　どうした？」

問いかけながら、雅紀が尚人の肩に首筋にキスを落とす。

「まーちゃん……」

――何か怒ってる？

それを聞こうとして振り向こうとした――とたん。尚人の脇腹に手を入れて、雅紀が抱き寄せた。

背中越しの密着度がいきなり増して。ドキリとした。

そんな尚人の左のこめかみに雅紀がチュッとキスをする。そのままねっとりと耳まで舌で舐《な》め下ろされると、脇腹がゾクゾクして思わず息が詰まった。

「今……キた？」

雅紀には、何も隠せない。

いや……。雅紀のウィスパー・ボイスに尾てい骨を直撃された。

――と。ほぼ同時に、乳首が立った。

「ほら……乳首が立ってる」

指の腹で擦《こす》られてギュッと摘まれると、その刺激が足の指まで走った。


（ホント、素直だよなぁ）

雅紀は、内心でクスリと笑う。

本当は、すぐにでも抱き合って尚人を快感でトロトロにしたかった。

タマを揉《も》みしだいて、芯ができるほど尖《とが》らせた乳首を噛んで、吸ってやりたかった。喘《あえ》がせて、啼《な》かせて、捻り込んで――ブチまけたかった。

だが。

どうにも不快だった。

――零のことが。

尚人の意志を尊重する。頭では納得できたはずなのに、喉に突き刺さった小骨のように疼く。

チリチリ……と。

嫉妬ではない、明確な不快感。

消えそうで消えない——苛立たしさ。

たぶん……きっと。今、自分の顔は不満げに歪んでいるだろう。それを、尚人に見られたくなかった。

（ゴメンなぁ、ナオ。心の狭すぎる兄貴で）

弟の前では最大限に恰好をつけておきたい見栄がある。苛ついてピリピリな感情をセックスで誤魔化したくなかった。

（ホント……カッコ悪すぎ）

それを思いつつ、雅紀は尚人の首筋に顔を埋めて耳の付け根を強く吸った。

いつもは、念入りにタマを揉みしだかれて尖る乳首が、すでに……痛い。まだ、股間にも触られていないのに。

指の腹でこねられて、芯ができた乳首を押し潰されると。

「……ンッ」

鼻から抜けるような甘い声が漏れた。

「あー……やっぱり、芯ができてるな」

耳たぶを甘咬《あまが》みして、雅紀が囁く。

とたん。

――くちゅり。

いつもとは違った場所で、湿った音がした。

「……痛い？」

――ぬりゅり。

耳に舌を差し込まれて舐《ね》ぶられる。と同時に、両の乳首を乳暈《にゅううん》ごと押し上げるようにきつく摘まれて。

「や……ンッ」

腰が捩《よじ》れた。

「違うよな？　俺に嚙んで吸って欲しくて……こんなに尖らせてるんだ？」

ちゅり。

くちゅり。

――ぬちゃり。

卑猥な水音が鼓膜を刺激して漏れるたびに、尚人の乳首は痛いほど尖りを増した。

「いた…い。まーちゃん、痛い……」

甘く掠れた声で、尚人はねだる。ヒリヒリと熱をもって疼く尖りを、吸って欲しくて。雅紀に……噛んで欲しくて。

「……なら。ほら。ちゃんと足開いて。ナオの乳首がもっと尖るように、タマ……揉んでやるから」

指の先で引っ掻くように弄《いじ》られると、それだけで股間までもがジンジン痺れた。

「や……やッ……。痛い……まーちゃん、痛い……」

むずがるように、尚人は喘ぐ。

「ナぁオ？」

雅紀のトーンがわずかに落ちる。

「足。ちゃんと開けって、言ってるだろ」

耳たぶをキリッと噛まれて、太腿《ふともも》がピリッと引き攣れた。

ぎくしゃくと交互に足を上げて、雅紀の膝をまたいで股間を曝《さら》す。

「いい子だ、ナオ」

差し込まれた舌で耳の穴をねっとりとまさぐられると、浮いた臀《しり》がブルリと震えた。

「気持ちよくなろうな？」

雅紀の囁きに、脳味噌がとろけていくような気がした。

雅紀が腹を撫でながら指で臍《へそ》をくすぐる。その感触にゾワゾワとした快感が這《は》い上がって、尚人のペニスがしなった。

「ここも、ナオ、好きだよな。弄られると、勃《た》ってくるし」

グリグリ弄られると、たまらなくなって。

「う……あぁぁぁ」

腸が捩れる気がした。

「お尻の中を弄られるのと同じで気持ちいいだろう？」

コクコクと尚人が頷く。雅紀が言うなら、そうなのだ。

「あとでお尻の中を擦りながら、ここ……舐《な》めてやるから」

それだけで、臀の最奥がヒクヒクした。

「ここも……さっきよりヌレヌレだ」

股間にやんわりと絡みついた手で先端の割れ目を親指の腹で擦られると、鼓動がバクバクになった。

「大丈夫。ちゃんと、気持ちよくしてやるから」

夢中で、尚人は頷く。

「ナオが一番好きなとこだから、ここ……ちゃんと剝《む》いてやろうな」

先走りの蜜でトロトロになったそこを擦りながら、雅紀は爪《つめ》を立てる。

「ひっ……」

その刺激に尚人の腰が跳ねた。

「いっぱい出していいから」

真っ赤に熟れてきたそこを爪でグリグリと弄ってやると。

「や……や……。まーちゃん、そこ、しないで……。出ちゃう……出ちゃうから……」

尚人はたまらずに身体をしならせた。

（あー……なんか、久々にいっぱい泣かせちゃったよなぁ）

吐き出すモノを吐き出させて、快感でズクズクになった尚人の後孔に硬くしなりきったモノを捻り込んで思うさま突き上げてやると、何度も気をやってギチギチに雅紀を締め上げて果てた尚人は、心底疲れきったかのように爆睡してしまった。

最近はガッついて貪り尽くすようなセックスはしていなかったからか、いったんケダモノ・スイッチが入ってしまうと止まらなくなってしまった。

そのきっかけが零だというのも、それはそれで不愉快な気がしてならない雅紀であった。

（おかしいよな、今になって）

子どもの頃は印象が薄くて、ロクに記憶にも残っていないのに。再会した零が、きっちり男前な顔つきになっていたからだろうか。

——違う。

尚人が、雫にこだわるからだ。

だから、無視したくても無視できない。

(そこんとこ、わかってるか?)

雅紀は、ピクリともしない尚人のこめかみにひとつキスを落とす。

(おまえの頭の中に俺以外の奴が入り込んでくるのが許せないなんて、どんだけエゴ丸出しなんだよって思うけど)

嫌なものは、嫌で。許せないものは、どうやったって赦《ゆる》せないのだ。

これが、野上のようにいっそ赤の他人なら不快のレベルも違っていただろう。

——従兄弟。

自分たち兄弟以外の血のシガラミなど、きっちり切り捨てたと思っていたのに……。

(まっ、しばらくは様子見だよな)

それを思い、雅紀は尚人の身体をそっと抱き寄せた。

あとがき

はぁぁぁ…………死にました。今は、ゾンビな気分です。

こんにちは。吉原《よしはら》です。

今年はソフトカバーで『灼視線《ねっしせん》』が出たし。「二重螺旋」シリーズはもういいだろうと思っていたのですが……。担当さん、曰《いわ》く。

「あれは、あくまで外伝ですから」

え〜〜ッ。オチはそこですか？

——と、いうわけで。相変わらず各方面にゴクドーしまくりな新刊となりました。

円陣闇丸《えんじんやみまる》様、ありがとうございます＆土下座［深々］。

今回、口絵を雅紀が高三の文化祭でやった剣舞のシーンを描いていただけるというので、すっごく楽しみだったんです［ドキドキ］。

この話は『灼視線』で雅紀が友人たちと話していた文化祭の演目についての後日談という形になっていますが、やっぱり、雅紀の艶姿という妄想は止まりませんでした。その妄想が口絵に……。あー、至福だわ［うっとり］。

まぁ、ストーリー的にも色っぽいシーンが少ない展開（担当さん・談）ですし。

や……だって。今回のキモは『親父』と『零君』ですから。――ということで、押し切ってしまいました(笑)。

篠宮親兄弟のどシリアス話を書くのは、ラブよりもリキ入りました。いや……マジで。担当さんには、まさか、あんな伏兵が……とか言われてしまいましたが(苦笑)。

今回のテーマは、家族の絆と決断。選択することの自覚と覚悟――です。

自分にとっての優先順位は何？

二者択一で選ぶならどっち？

あなたなら、どうする？

……なんて、まるで、どこかで聞いた歌の文句のようですが。

とにもかくにも、終わりました。

某ダリア文庫さんからも新刊が出る予定です。よろしければ、ぜひ♡

それでは、また。

平成二十四年　十一月

吉原理恵子《りえこ》

この本を読んでのご意見、ご感想を編集部までお寄せください。

《あて先》〒105－8055　東京都港区芝大門2－2－1　徳間書店　キャラ編集部気付
「嵐気流」係

■初出一覧
嵐気流……書き下ろし

Chara
嵐気流……【キャラ文庫】

2012年11月30日 初刷

著者 吉原理恵子
発行者 川田 修
発行所 株式会社徳間書店
〒105-8055 東京都港区芝大門2-2-1
電話048-451-5960(販売部)
03-5403-4348(編集部)
振替00140-0-44392

印刷・製本 図書印刷株式会社
カバー・口絵 近代美術株式会社
デザイン 海老原秀幸

ISBN978-4-19-900693-7

好評発売中

吉原理恵子の本

【愛情鎖縛 二重螺旋2】

シリーズ2〜6 以下続刊

イラスト◆円陣闇丸

兄弟相姦という二重の禁忌《タブー》——その背徳を犯した時から、尚人《なおと》は兄の雅紀《まさき》が恐い。尚人を抱くのに、時間も場所も選ばない。「声を出さなきゃイカせてやらない」と甘い言葉で嬲《なぶ》ってくる。優しくもケダモノにもなる兄の、激しい独占欲と執着に堕ちていってしまいそうで……。そんなある日、尚人は男子高生ばかりを狙う連続暴行事件に巻き込まれ!?　禁断のハード・エクスタシー!!

投稿小説★大募集

『楽しい』『感動的な』『心に残る』『新しい』小説――

みなさんが本当に読みたいと思っているのは、どんな物語ですか？　みずみずしい感覚の小説をお待ちしています！

•応募きまり•

[応募資格]

商業誌に未発表のオリジナル作品であれば、制限はありません。他社でデビューしている方でもOKです。

[枚数／書式]

20字×20行で50～100枚程度。手書きは不可です。原稿は全て縦書きにして下さい。また、800字前後の粗筋紹介をつけて下さい。

[注意]

①原稿はクリップなどで右上を綴じ、各ページに通し番号を入れて下さい。また、次の事柄を１枚目に明記して下さい。
(作品タイトル、総枚数、投稿日、ペンネーム、本名、住所、電話番号、職業・学校名、年齢、投稿・受賞歴)
②原稿は返却しませんので、必要な方はコピーをとって下さい。
③締め切りは特別に定めません。採用の方にのみ、原稿到着から３ヶ月以内に編集部から連絡させていただきます。また、有望な方には編集部からの講評をお送りします。
④選考についての電話でのお問い合わせは受け付けできませんので、ご遠慮下さい。
⑤ご記入いただいた個人情報は、当企画の目的以外での利用はいたしません。

[あて先]　〒105-8055 東京都港区芝大門2-2-1
徳間書店 Chara編集部 投稿小説係

投稿イラスト★大募集

キャラ文庫を読んで、イメージが浮かんだシーンをイラストにしてお送り下さい。キャラ文庫、『Chara』『Chara Selection』『小説Chara』などで活躍してみませんか？

•応募きまり•

[応募資格]

応募資格はいっさい問いません。マンガ家＆イラストレーターとしてデビューしている方でもOKです。

[枚数／内容]

①イラストの対象となる小説は『キャラ文庫』か『Chara、Chara Selection、小説Charaにこれまで掲載された小説』に限ります。
②カラーイラスト１点、モノクロイラスト３点の合計４点。カラーは作品全体のイメージを。モノクロは背景やキャラクターの動きの分かるシーンを選ぶこと（裏にそのシーンのページ数を明記）。
③用紙サイズはＡ４以内。使用画材は自由。

[注意]

①カラーイラストの裏に、次の内容を明記して下さい。
（小説タイトル、投稿日、ペンネーム、本名、住所、電話番号、職業・学校名、年齢、投稿・受賞歴、返却の要・不要）
②原稿返却希望の方は、切手を貼った返却用封筒を同封して下さい。封筒のない原稿は編集部で処分します。返却は応募から１ヶ月前後。
③締め切りは特別に定めません。採用の方にのみ、編集部から連絡させていただきます。また、有望な方には編集部から講評をお送りします。選考結果の電話でのお問い合わせはご遠慮下さい。
④ご記入いただいた個人情報は、当企画の目的以外での利用はいたしません。

[あて先] 〒105-8055 東京都港区芝大門2-2-1
徳間書店 Chara編集部 投稿イラスト係

キャラ文庫最新刊

アウトフェイス　ダブル・バインド外伝
英田サキ
イラスト◆葛西リカコ

廃人寸前のところを拾われ、極道の若頭・新《しん》藤《どう》の愛人候補となった葉鳥《はとり》。早く正式な愛人になりたい――信頼を得ようと焦るが!?

義弟の渇望
華藤えれな
イラスト◆サマミヤアカザ

医師の那智《なち》には、弟・達治《たつじ》と一度だけ寝た過去がある。その後疎遠になっていたのに、達治が突然、研修医として現れて――!?

守護者がめざめる逢魔が時
神奈木智
イラスト◆みずかねりょう

実家が神社の清芽《せいが》は、幽霊屋敷の怨霊祓いをすることに。そこには実力者たちが大集結!! 一方、清芽には何の能力もなくて…!?

嵐気流　二重螺旋7
吉原理恵子
イラスト◆円陣闇丸

祖父の死、父の記憶喪失…。止まないスキャンダルに、従兄弟の怜《れい》や瑛《あきら》も傷つき戸惑う。そんな中怜は、穏やかな尚人《なおと》を頼って…？

12月新刊のお知らせ

秋月こお　［公爵様の羊飼い②］ cut／円屋榎英
榊　花月　［気に食わない友人］ cut／新藤まゆり
水無月さらら ［寝心地はいかが？］ cut／金ひかる

お楽しみに♡

12月20日(木)発売予定